红色经典
文艺作品
口袋书

杨朔 著

本书编委会 编选

上海文艺出版社

中国人民的脚步声

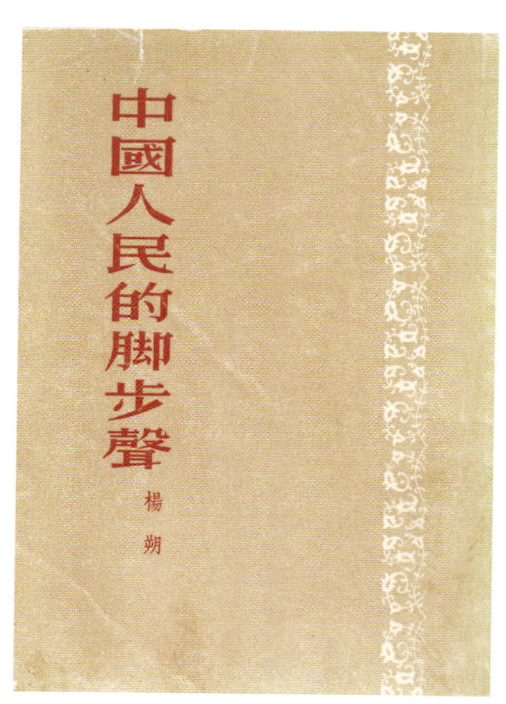

《中国人民的脚步声》
新文艺出版社 1953 年版

初版前记

这本书里共收了三篇中篇小说，即《红石山》《望南山》和《北线》。三篇小说先前都曾单独出版过，为什么现在又集到一起呢？

三篇东西虽然各有各的人物，各有各的故事，互相并不联系，但从每篇故事发生的地点来说，从每篇故事发展的时间来看，却是紧密地连在一起。我所写的都是当年晋察冀边区人民反对帝国主义、封建势力和官僚资本主义斗争的一些侧影。

《红石山》写的是抗日战争时期，原先察哈尔省一座铁矿上的工人向日本帝国主义所展开的斗争。日寇是败了，国民党反动派却紧接着向人民发动了内战，疯狂地进攻解放区。人民可永远不会屈服。《望南山》就是写的察哈尔南部的农民怎样在国民党反动派的迫害下坚持斗争的情形。在《北线》里，我写了第三次国内革命战争的一角。我写的是我们由八路军改编的一支中国人民解放军从张家口撤退后，转战华北，终于和友军互相配合，解放了华北的人民。

从抗日战争以来，前后十几年了。在这漫长的岁月里，我们人民所走过的道路是艰难的，痛苦的。就在这条漫长而艰苦的道路上，我们的人民跟在毛泽东同志的旗帜后边，一步一步，前面的人跌倒了，后面的人又涌上去，冲着胜利走上前去。

今天我们是胜利了，可是谁能忘记那些艰苦的年月，谁能忘记那些创造胜利的人呢？我重新整理着这几篇小说，我的感情不能宁静。我太无用了，记不下我们人民所走过的那条伟大的道路。我所能献给人民的只有这一点点，只有这几篇模糊而无力的小说。可是，就是从这几篇东西里，也许可以听见我们人民前进的脚步声吧！

明白过去，我们才更能知道珍惜今天。今天

是胜利了，但我们要走的路还远着呢，挡在我们前面的还有各色各样的困难，还有各色各样的敌人。

毛泽东的旗帜正在飘展。让我们追随着先烈英雄的脚步，踏着已经开辟出来的道路，继续前进，走向更大的胜利。

因此，我集了这本小说，并叫它是：“中国人民的脚步声”。

一九五三年六月。

目录

★

★

红石山

帽　子

察哈尔龙关西南二十里有座高山，原名黄泉岭，俗话讹做黄草梁。山头是古时的战争要塞锁阳关。察哈尔南部一带的人民，一提起锁阳关，就会津津有味地讲着樊梨花等人的故事。关底涌出一条黑沙河，向西流过一带黄土小平原，一直流入宣化的洋河。黑沙河的南北两岸全是拔海八百到一千米的高山，山头一起一伏的，像是浪头。先前这些山荒凉透了，密密丛丛的尽是一人多高的荆条，难得见到人烟。春三月间，遍山热闹闹地开着野芍药，野蔷薇，紫丁香……一到秋风落叶的季节，霜雪来得早，深山里只有风吼、狼嗥，连砍柴放羊的人也不见了。

一九一二年，龙关当地的农民忽然在山上寻到一种宝贝。乍看来是些红石头，拿到手里，碰到衣裳上，可就染得赤红，洗都洗不净。于是动手挖掘这些红石头，做成颜料，贩到市上去卖。一九一四年，一个瑞典人在北京市上看见了说："这是铁呀！"从此，龙烟铁矿的宝藏才被发现。首先由段祺瑞经营开采，经过二十多年的变迁，"七七事变"后落到日寇手里，红石山一时热闹起来。

这座山坐落在黑沙河的南岸，从地质上说，是由太古代、原生代和第四纪层所组成。矿床躺在原生代的岩石中间，有葡萄状、鱼卵状等矿层，质量强，产量更富。一条铁路支线从宣化直修到山半腰。山上更修起变电所、风机房、马机道、电车道、高线架子、水泵房等电气装备。火车整天轰隆轰隆地开走，又轰隆轰隆地开来。开走的装满“红”（矿石），开来的装满工人。这不是人，简直是一群一群要宰的牲口，火车也就像装满牲口的屠车，送到屠宰场来。

现在，又有一列屠车开上山了。……

一　屠车

正是一九四一年十月的一天，夜来落过头一场霜，满山的野草打得垂头丧气的，骤然老了。傍晌，霜一化，地面冒着热腾腾的湿气。从宣化开来的火车到了红石山脚时，车头掉到后尾，呼哧呼哧地喘着粗气，慢慢地推着车爬上山来。赶到停在半山腰，满寿山顶正拉着歇晌工的汽笛。

车上走下个四十来岁的人，头戴青礼帽，身上穿着件古铜色线春小棉袄，敞着前胸。这人叫杜老五，是日本大工头清水的心腹，性子挺阴。他长着一张驴脸，眉毛挺淡，眼角耷拉着，从来不正眼看人，只从眼角哨来哨去。笑的时候一咧嘴，皮笑肉不笑，露出当门的两颗大金牙。清水坐在北京，从来不上山，组里大权都操在组长杜老五手里。在矿山上，有许许多多这样的组，每组都有自己的工头，到处设法骗取工人上山，由组长向矿方包活做，从中剥削工人的劳力和工资。这回是杜老五从山下招工刚回来。

杜老五走到一辆铁闷子车前，打开锁，嘎唧唧地推开车门，里面冒出一股熏人的屎尿气味。车里塞满了人，每人前襟上都挂着个黄布条，写着龙烟铁矿多少多少号。遇到暑天，车里闷热，锁得又严，曾经有一次，一车人全在半路上活活憋死。现在天凉了，不过闷得个个人也是半死不活的。

杜老五朝着车里催道："下车吧，别等人请了!"

车里就爬出许多人，乍一见亮，眼睛都刺得睁不开。当中有个老头，快五十了，高眉棱骨，方嘴巴子，走路摇摇晃晃的，精神挺坏。旁边一个二十几岁的高大汉子搀着他的手，又回头关照后边一个妇女说："大婶，庆儿兄弟下来没有?"

老头叫董长兴，顺德府人，家里原有八九亩破地，头年闹旱灾，收成不够吃的，托人向一家财主借了一斗粮，秋天要还五斗。不想越渴越吃盐，今年偏巧又闹蝗灾，粒米未收，还不起债，地都被地主顶了账夺去，自己也变成了财主的雇工。搀着他的那人叫殷冬水，低脑门子，大嘴，胳膊有碗口粗，自少孤人一个，给那家财主扛长活。看着董长兴的事，殷冬水气得骂道："我×他奶奶，他的心叫狼吃了，怎么干出这样没人味的事！"董长兴怕惹事，忧愁总闷在肚子里，埋着头不响，头发可一下子白了许多。

有一天，两人正在地里替财主割马草，忽然被几个伪军绑进顺德城，后来才知道是地主从他们身上拿到一百元安家费，把两人卖给红石山下来招工的杜老五。董长兴的老婆得到信，带着孩子庆儿找到城里去，拉着丈夫的衣裳只是哭。杜老五端量着庆儿，见他也有十四五岁，滚圆的头，脸腮像火一样红，两眼一眨一眨的，长眼毛挂下来，好像帘子，心里想道："这小子倒壮，弄上山也可以下坑道。"就假意说："别哭了。我这个人就是心软，叫你哭得我也不好受。也罢，你们娘俩也跟着上山去吧，好赖有你们吃的。”

庆儿娘感激得说不出话，当场给杜老五磕了个头。在路上，他们被锁在闷子车里，一天发两个黑馒头，连塞嗓子眼也不够，又饿又渴，好容易熬过命来，总算到了矿山，满心希望前面会有什么好命运等着他们，但是他们却被吞进虎口里了。

二 “红”

一上矿山，最刺眼的是红色。山岭、道路、房屋，矿工的手、脸、衣服，甚至于天上飞的山鸟，地上长的野草，没一处不被矿石染得红嫣嫣的，所以工人们都叫矿石是“红”。矿区共分三部。中部以满寿山为主，日本的管理机构都设在这，就数劳务科最惹人恨。配给工人食粮，发给工人工资，都由劳务科管，工头组长就和日本人勾结一气，千方百计剥工人的皮，恨得大家叫劳务科是“老虎科”。西部全是坑道。翻过东山梁，朝东部沙子地一望，却是一片华丽精巧的洋房。山上的日本人全住在这，过着幽雅的生活。为了保护这些骄子，这里驻扎着矿山自卫队，还在一座大疙瘩上修造一座营房，广岛小队长带着六七十“皇军”镇守全山。工人区散在各地山洼里，低矮的小屋，又脏又臭。杜老五的清水组住在满寿山紧下边，因为山上人太密，只占了一间大工房，对面两铺大炕，能挤六十多人。组里有百十来口子，睡不下，杜老五心眼灵，把工人分成昼夜两班做活，这一班来，那一班去，都在这间房子里倒腾着住。房子的屋顶墙壁被烟熏得黜黑，窗上糊着发黄的旧报纸，报纸破的地方，又挡上破草帘子，白天房里也暗得辨不清颜色。董长兴带着家族，单在旁边找了间小土窑，又黑又矮，进屋直不起腰。

这人瘦得像个猴子，马蜂腰，洼口眼，戴着顶柳条帽斗，随手不离一根小铆头，一走一摇。他也真能克扣工人。每逢开支，欺负工人不识字，又扣伙食，又刨给工头组长班长等的扣头，算盘珠一扒拉，剩的钱也就没几个了，有时还说你亏钱，逼着你赔。开支时还常发大烟，坐价特别便宜，日本人故意纵容着工人抽。不过贾二旦也有点顾忌，就是不大敢惹一个叫胡金海的人。

董长兴新来那天，正在小窑里忙着扫炕、撮土，胡金海拿着领破草帘子走进来，怪腼腆地笑道："天冷了，门上得有个挡风的东西。你们新来乍到，东西不凑手，先将就着这个用吧。"就动手帮董长兴往门上挂帘子。

董长兴连声道谢，不觉仔细打量了胡金海几眼，只见他的四方脸上尽管抹得红一块，黑一块，竟是个俊人物：中流身材，宽肩膀，大眼睛，两条眉毛又长又黑，像是蝴蝶须。董长兴一生吃亏太多，不想沾旁人的光，也怕受人的害，见了人总是平平和和的，不远不近。于今这个壮小伙子初次见面，人生面不熟的，可叫他欢喜。从此他便常常接近胡金海，见他做事利落，为人又有血性，只可惜落到矿山上当苦力，有一次忍不住问道："你有能耐，又是有家有业的，怎么来受这个罪？"

胡金海道："我有什么家，还不是跟你一样？"

原来他本是河北饶阳人，有一年滹沱河闹大

水，他爹拉着他和姐姐流落到龙关。爹死了，姐姐嫁给一个叫王世武的木匠，他也就靠着姐姐住在红石山西南二十来里的大坝口村。别看他外表羞答答的，秉性可强，从少受不得一点闲气。他给人放羊，做零活，主人家骂他一句、打他一巴掌，就赌气跑回去，惹得姐姐哭道："咱爹就留下你这条根子，你怎么学得像个槐树虫，一走一个罗锅，就不肯迈个正经步！"

可是胡金海越长越拧。十七岁上，日本人在红石山闹铁，他上了矿山。从这组跳到那组，那组跳到这组，最后落到杜老五手里。不过他也学乖了，明知道杜老五的心胸活像蜘蛛网，密密层层的，专想害人，可是离开他，又能往哪去呢？走遍天下，还不是得受气。于是忍口气想道："算了，别由着意闹吧！"他吃的苦头最多，也最能体会旁人的苦楚，这种同情心把他和董长兴紧紧地连在一起。

三　坑道里

天变了脸，纷纷扬扬下了一夜雪。赶天明，

北山后猛然起了风，一翻过山头，就像百万大军，呼啸着厮杀过来，吹得半空的大雪片子飘飘横飞，漫山的积雪也卷起来，上天下地，白茫茫的混沌一片。

这样坏天气，工人们谁愿上班。无奈“老虎科”的汽笛一早紧响，贾二旦尖着嗓子叫道：“下点雪算什么？你们也不是金枝玉叶，变得这样娇！谁不去就罚他一天工钱！”

工人的衣裳都是又破又烂，有个抽大烟的工人身上连一丝棉絮都没有，光披着破麻包，腿上包着洋灰袋子。大家只好披上烂棉被，拿条草绳拦腰绑住，权且挡挡风寒。

他们顶着风雪，抖抖索索走到活地，点起黄铜小瓦斯灯，钻进洞子，浑身的肉好像叫风撕得稀烂。大毛驴突然从黑影里闪出来。这是采矿事务所日本人冷野的外号，因他性子恶，动不动踢人。他的身后尾巴似的跟着两条狗：一条是叫“富士”的狼狗，另一条是他的中国助手“烂剥皮”。

大毛驴举起左腕，就着灯光看了看表，呜噜

呜噜地叫道："怎么的这样晚！怎么的这样晚！"一边不顾死活地乱踢一阵，撵着工人快走。

坑道里又潮又冷，顶上挂着一球一球的冰，溜光滚圆。每隔十来步便挂着盏电灯，散出些黄光，照着一片飞扬的红末子，像是红雾。来来往往的人看来都像黑纸铰的影子，扁扁的，变了原形。五颜六色更分不清，样样东西只显得说红不红，说黑不黑，说黄不黄。

正是用风钻朝矿层打眼的时候，到处只听见风钻突突地吼叫，把人都震聋了。

贾二旦带着工人来到一座"拂面"前（顺着矿层向上打红的槽），上边挂着盏小电灯，暗幽幽的，照见"拂面"的斜坡上放着一张铁板做流子，许多"红"堆在那，还没运走。他提着瓦斯灯，拄着小锄头，先爬到高头，挂起灯来，左手托着红顶，右手拿小锄头东敲敲，西敲敲，侧着耳朵听了一阵，听起来顶还结实，不至于塌，便招了招手，殷冬水就抱着个龙虾似的二尺来长的风钻，跟着胡金海爬上去。

打眼经常得三个人。胡金海眼精手快，殷冬

水又有股蛮劲，两个人一盘钻，也就绰绰有余。正在他们打眼的当儿，董长兴跟庆儿等人都在装车运红。他们把“红”从“拂面”的铁板上扒拉下来，撮进轱辘马（矿车），一辆一辆顺着轨道推出去。轱辘马冰得可怕，一沾手，像咬似的痛，大家就用肩膀推。董长兴和那个抽大烟的工人合推一辆，铁轱轮碾得轨道轰隆轰隆响，震得耳朵嗡嗡的，好像灌满水。

快到洞口，董长兴一眼望见烂剥皮站在一堆柴火前。他知道这家伙惯会豆腐里挑骨头，诈财骗钱，怕他找碴，就连忙肘了他的同伴一下，推着车跑起来。

烂剥皮早在后面喝道：“慌什么？又没有鬼追命！”三步两步抢过来，紧眨着左眼，拍着车沿骂道：“操你个奶奶，你们这是来骗谁，车装得满都不满！”董长兴明知他要诈财，可是腰里掏不出钱。烂剥皮更火了，用手翻了翻“红”，叫得更凶：“装不满也罢，怎么还有石头？非扣你们的车数不可！”

那个抽大烟的工人僵在洞口，风搅着雪，一

阵一阵白旋风绕着他打转。他肚里无食，身上无衣，又有口瘾，早冻得受不住了，浑身直打冷战。烂剥皮对准他的腿腕子就是一脚，恶狠狠地骂道："滚你妈的蛋，别在这装蒜！"

那人哼了一声，一头栽倒，只是哆嗦。烂剥皮还不肯放松，对着他的头又铿铿地踩了几脚，一面骂道："好杂种操的，再叫你装死！我看你的脑壳硬不硬，硬就得干活！"

那人蹬了蹬脚，不动了。董长兴上去摸摸他的胸口，吃惊地道："唉，他冻死啦！"

烂剥皮先还不信，用手试了试死人的嘴，也有点慌，随后敛住神色喝道："死就死了吧！反正有的是中国人，死一个半个不算什么！"就把死人横拖竖拉到洞外的沟沿上，拿脚一踹，死尸顺着山坡骨碌骨碌滚到沟底去。风雪正紧，转眼把死尸埋在大雪里了。

四　坑道里之二

"拂面"上正在打眼。一开手，胡金海显得并不精明。他把风钻上的风签对着矿层平打，有意无意一歪扭，风签喀嚓地断成两截。

大毛驴爬上来，皱皱眉头，呜噜呜噜叫了一阵，随后端量端量石头碴，摸出根粉笔，上上下下画了二十来个白圈，又做着手势，亲自指挥胡金海照着他画的地方钻眼。

胡金海在矿山上混了几年，心里像灯一样亮，明知打眼要看好石头碴，才能多崩出红，可是故意装傻，装得像经大毛驴这一指点，才通了窍。就跟殷冬水重新在风钻上装好风签，又动手打眼。

这回，两个人拿出本事来了。

殷冬水抱着风钻，顶在胸脯上，像钳子箍住一样牢实。胡金海叉开腿，拿肩膀扛着风钻的前端，右手稳当当地托住风签。风门一开，大股风从风管流进风钻，突突地响，顶得风签紧打着转，咯啦咯啦地钻进红石头去。他们浑身的筋肉一时就像过了电，震得乱跳。

风签转得越快，红末子四处乱飞，把灯都遮暗了。胡金海嘴里咬着块布，左胳膊平伸出去，竖起巴掌，挡开红末子，不时对殷冬水做着手势。

一会把手往下压，一会翻着手掌向上提，一会往左撇，一会又往右摆，殷冬水便随着他的手势挪动风钻的方向。风签转得一慢，殷冬水赶紧搬搬风门，只听扑哧扑哧的几声，大团的红末子从风门喷出来，接着又突突地响起来了。

大毛驴守在旁边，绷着个脸，也不禁暗暗叫好。对着表一看，打个一米多深的眼，还不用十分钟。前后不到三个钟头，二十来个白圈都打完了。两个人也冒了汗。

大毛驴一走，殷冬水对着胡金海的耳朵叫道："真背幸，今天算白卖冤枉力气了！"

胡金海低着眼一笑，也叫道："不要紧，应该显显本事，别叫大毛驴抓咱白帽子（傻瓜）！别看他鬼，回头看我摆弄他吧！"打完眼就该放炮。庆儿拐着篮子，送上炸药和炮土。胡金海拿起一卷火药撕开一头，塞进炮眼去，接着又塞第二卷，第三卷……浮头塞进的炸药才带着雷管，拖着根黑漆捻子。装完药，又塞炮土。殷冬水拿起根棍子，使力往里捣。胡金海接过棍子，只轻轻戳了两下，回头对殷冬水一笑。殷冬水明白了，咧开大嘴，照样做去，接着又去摘电灯，撤电线，装进篮子里，领着庆儿先走了。

胡金海拧了拧瓦斯灯的水门挺子，对着水门吹了几口，灯苗猛的大了，足有半尺来长。他擎着灯照照“拂面”下面，见没有人，便用灯苗点炮。先点顶炮，再点中间的，末尾才点底炮。点完炮，不慌不忙走下“拂面”，提着灯往外走。走不到一百步，耳朵嗡地一震，接着又是第二下，第三下，……他一路走，一路数着炮，赶来到大巷子里伙伴们坐着烤火的地方，炮也停了，就问道：“你们听清没有，怎么短了一炮?”

伙伴们正围着火听董长兴诉说那个伙计冻死的情形，殷冬水听得冒火，发急道：“管他什么炮不炮呢！这些事，简直叫人气破肚子！依我的意，先揍死烂剥皮这个兔崽子再讲!”

不知谁道：“一个大烟鬼，死就死了吧，有什么可惜的!”

董长兴叹道：“你不知道，他的心可不坏呢。我也劝过他：‘你不好把大烟忌了么？日本人让咱抽，自己可不抽，明明是坑害人!’你当他不懊悔么！懊悔得掉泪呢。还答应我忌烟，可是过一天又对我说：‘我不忌了。咱们这样人，早晚没有好死，抽烟，迷迷荡荡的，倒能忘了那些难受事！’”

又有人道：“你们没看见，那小伙子刚来，拳头粗胳膊硬的，可壮啦。一抽上大烟，越来越瘦，瘦得竟像高粱秸，真是杀人不见血！”

正议论着，大毛驴又走过来。他一心一意只惦着自己亲手画的白圈，以为凭他的老经验，亲自指挥打眼，一炮起码也能崩下一车红，就跺跺脚上的雪催促道：“你们还坐着干什么，怎么也不看看去！”

胡金海皱了皱眉答道：“有一炮还没响呢……”

大毛驴挥着手，不耐烦地呜噜道：“快快地看看去，死不了的！”

殷冬水站起身，使气嘟囔道：“死不了就去！”一手提起盛灯泡的篮子，一手提着瓦斯灯就走。胡金海从背后叫道：“你可当心哪！”

整个坑道里的风钻都停了，洞子里静悄悄的，只有风管漏气的地方，刺刺地响。灯泡怕点炮崩坏，差不多都摘了，坑道里比往常更黑。好在殷冬水会看石头碴，往上跷的那面是北，坡的那面是南，方向辨清，便不会错到旁的巷子去。

“拂面”上烟还没散，火药味挺重，呛得他直咳嗽。提起灯照照，净是红烟，什么都看不见。他爬上“拂面”，拧开风管，先让风把烟吹散，然后细细一看，原来有根捻子受了潮，烧到半截灭了。铁板上是一大堆新崩的红。

他挂起瓦斯灯，动手去按电灯。瓦斯灯苗忽然缩得像豆粒一样小，看看要灭了。都怪他粗心，一天没添水，还会不灭？碰巧脚下有半截小黄火药，不知推扔的。他一哈腰拾起来，对着灯苗点着。就在这时，耳边轰的一声，眼前立时变得漆黑，觉得左手一阵烫热。气得他一跺脚道：“真他妈的捣蛋，哪里放炮，把灯都给震灭了！”一边摸下“拂面”，骂骂咧咧地走出去。刚走到火堆前，胡金海忽地跳起来道：“哎呀，你的手怎么的啦？”

殷冬水一低头，看见左手血淋淋地郎当下来，只觉得又麻又热，可丝毫不痛。他呆了呆，忽然把大嘴一闭，咬着牙，咯吱地扭下那只断手，往地下一摔道："操他娘，我这下子算完了！"

胡金海踩着脚道："嗐，嗐！怕你出事，就出事啦！"

殷冬水的神色很惨，勉强笑道："倒不管那一炮的事。是瓦斯灯要灭，我点了块小黄火药……"

胡金海忍不住叫道："就炸啦！是不是？你怎么这样傻，就不知道日本人怕咱们点火药当灯亮，常在火药里装炮胆，有意使坏！"

工人们乱嗓嗓地替殷冬水包伤，又扶着他到医院去。大毛驴可不管那一套，心里只惦着究竟崩下多少红来。赶去一看，一炮竟连半车也不够。他脸上抹不开，心里纳闷，只有无缘无故踢人。

胡金海不言语，心里可透亮透亮的。炮土不塞紧，炸力定规不大；点炮先点顶炮，不先点中间的，崩的自然也不会多。这就是他要摆弄大毛驴的手段。

五　翻身饼

阴历小尽，腊月二十九，"老虎科"还叫工人

“紧红”（加紧出铁的意思）。各组长传出日本人的话道：“一年四季，熬的就是个年，本来该放一天假，不过‘皇军，正在太平洋上打胜仗，咱们也该下点力，多多打红，好完成‘大东亚圣战’。不过也不能叫大家白辛苦，每人配给一斤头箩白面，初一早上好吃饺子。”

工人们谁也不信这套鬼话。老吹这里那里胜利，眼前矿山上可就慌得不行。四处都在赶修炮楼，沙子地按上电网，满寿山顶还特意加修一座大炮楼。甚至于工人区也安上电网，假意说是保护工人，骨子里是把工人圈起来，防备闹事。工人区里常有来历不明的人，穿的比工人还坏，爬窗户，溜墙根，偷听工人的动静，找着碴讹人，动不动就掏出腰里掖的盒子炮，说你私通八路，把人逮到沙子地自卫队的地牢去。工人们时常交头接耳，私下悄悄议论着已经打到四乡的八路军。有从关南来的，见过八路军，日夜巴望他们能早一天上山，也有不清楚的，未免胆虚，可又盼望他们果真会来，先闹个天翻地覆。

后半晌，董长兴紧红去了，庆儿跑到“老虎

科”，受了一大堆闲气，才领到一家人配给的三斤白面。扛回家时，西山头上正闪着亮晶晶的大猫星。

他娘正在破瓦盆里洗着几个烂土豆子。这个妇人整年累月愁眉苦脸地操劳着，只知道怨命。她用哭似的声音埋怨道：“你这孩子，一出去就是半天，也不知到哪贪玩去啦。缸里水都没有，还不去敲点冰，好做夜饭。”

庆儿一肚子委屈，眼泪汪汪地说：“谁贪玩？我才没贪玩呢！”噘着嘴不再言语，把面搁到锅台上，呵了呵皴得裂了口子的小手，拿起家什，走到外边去敲冰凌。

庆儿娘拉过面口袋，捏了点闻闻，蹙着鼻子想：“哎呀，这是什么面，怎么有一股邪味？”

不过有面吃就烧高香啦，哪顾上挑肥拣瘦的。心里又惦惙道：“大年下，有现成的面，胡金海也说要来家过年，还是烙个翻身饼，吃个吉利吧！”

庆儿不知从谁家房檐上敲了些冰柱回来，化成水，帮着娘合起面来。面又黑又黏，净是毛。烙饼时，往热锅里一放，不知怎的，越烙越小，面也散得收不起来。吃起来也黏牙。庆儿娘经过几次艰年，吃过观音粉，恨地说道：“面里净是假，连土粉子也掺进去啦！”

娘俩把饼对付着烙完，天大黑了，还不见董长兴回来。庆儿娘拿起件又红又脏的烂褂子，坐到灶火前，补着补丁，痴痴地等起来。

六　亡命的人

山顶上紧红紧得正热闹。“老虎科”门前插起两面绸子旗，一面红的，一面白的，预备发给头奖二奖。山头上按着大喇叭，隔不一回，便有广播放送出来，报告全山紧红的新闻，还有音乐，唱着日本的流行歌。组长平时不见面，也上山了。哪组出红出的多，日本人就给组长十字披红。从早到晚，满山的机器一刻不停。天一黑，满寿山顶的大探照灯放出光来，雪亮雪亮的，掉了针也能找到。

洞子里还是阴惨惨的。瓦斯灯的灯苗渐渐地不再发黄，越来越亮，胡金海就知道洞子外天黑了。自从殷冬水进了医院，就换了董长兴和一个脆萝卜嗓子的工人来抱风钻。大毛驴拿着小镐，带着狼狗，两条腿格外勤，时时跑上来，呜噜呜噜地叫一阵，催大家快干。他一来，胡金海装得挺带劲，一走胡金海就吹着口哨，慢慢地动着手脚。打完八九个眼，风钻虽说照样突突地响，可是风签撞着红石头，光是咯啦咯啦响，不大肯往里走。

脆萝卜嗓子对着胡金海的耳朵叫道："风机房怎么回事？风不硬，打不进去。"

胡金海摆摆手道："管他呢，没有风更好。"

打了一阵，眼都挺浅，顶多能装两卷火药。董长兴有点多虑，指着旁边满满的一筐火药道："别的不怕，只是火药装不完，查出来怎么弄？"

胡金海拧起蝴蝶须似的长眉毛，想了想，蹲下身捡出一些火药，提起剩下的半筐药，诡秘地笑道："你们装药吧，这些归我摆布。"便带上把铁锹摸下"拂面"去。

他贴着边溜到个黑角落去，搁下筐子，三铁锹两铁锹挖了个坑，埋进火药，又用锹平上土，拿脚踩了几下，才要往回走，冷不防有人抓住他的胳膊腕子。……

烂剥皮当场把胡金海揪到事务所去。董长兴和脆萝卜嗓子也叫人押去了。事务所里电灯通明，大毛驴仰在一张摇椅里，腿跷在桌子上。

烂剥皮颠着脚后跟走上去，把半筐火药往桌上一搁，得意地眨着左眼道："你看看，简直反啦！连火药都埋了，定规是要卖给八路军。我望见他贴着边溜，猜到有鬼。"

大毛驴霍地跳起来，也不问情由，左右开弓打了胡金海两个耳光子，又卡住胡金海的脖子使劲地摇，摇得胡金海的帽斗都掉了。然后几绊子把胡金海绊倒，气凶凶地骂道："操你个奶奶，你卖了多少火药给八路军？"

胡金海蹲起来，红脸涨成紫色，呼哧呼哧地喘着，低着眼冷笑道："别冤枉人，谁看见我卖给八路啦？今天风小，打的眼浅用不完，原打算埋着明天用……"

烂剥皮喝道："他妈的，还敢顶嘴，非打不行！"

就有几个人马上把胡金海按倒。大毛驴抡起根镐把子，没头没脸地乱打一阵，打一下，问一句道：“你卖没卖？你卖没卖？”

胡金海一点不肯服软，直着嗓子辩道：“我就没卖！你们也不能骨头上按花朵，瞎造是非！”

董长兴往前走一步，颤着胡子央告道：“掌柜的，他说的是实情，我们连八路的影也没见，上哪卖呢？”

大毛驴的气头一转，一撒手，朝着董长兴撇过镐把子去，正打中董长兴的膝骨拐，痛得董长兴扑咚地跌倒。

又闹腾一阵，大毛驴见一时问不出情由，紧红紧得又急，挥着手叫：“先回去干活，先回去干活，一会再问！”

这伙人一走，大毛驴乏得要命，一屁股坐到椅子上，闭着眼养神。“富士”望望主人，又望望窗外，打个呵欠躺到炉子边去。昏昏沉沉中，大毛驴想着刚才的事，想到风机房，忽然好像有把钥匙在他脑子里一拧，弄开了窍，霍地睁开眼道：“他妈的，这些苦力明明是存心捣蛋，破坏紧红，非办几个不可!”他正要站起身，门开了，胡金海像是道电光，飕地闪进来。大毛驴一呆，没等定过神来，胡金海早窜到跟前，举起手里的洋镐，劈头打下来。大毛驴慌地拿胳膊一挡，跳起来想跑，第二镐又打过来，恰巧打中他的脑袋，冒了血花。

“富士”呜的一声扑上来，咬住胡金海的破棉裤，使劲摆头。胡金海连打几镐，打得它吭唧吭唧叫着钻到桌子底下去。胡金海抡着镐，又朝大毛驴的头打了几镐，然后撇了家伙，冷笑一声窜出去。

刚交半夜，天阴得挺厚，风刮得正猛。他四下望了望，顺着一道又高又陡的山坡爬上去，转眼溶化进黑茫茫的夜色里。

一刻钟后，有人到事务所来，发现大毛驴死在地上，死尸旁边掉了个工牌，写着胡金海的名字。自卫队立刻四处抓人，早没了影。连夜追到大坝口他姐姐家，又扑了空。一连闹腾几天，总访查不出胡金海的踪影。工人们纷纷揣测，认为准是胡金海那晚上逃走，天黑雪滑，摔死在哪个山沟里了。

七　“一上山，命就不是你的了！”

胡金海失踪的第二天，董长兴就病了。一个上年纪的人，受了蹂躏，心上又挂点火，一时发起烧来。庆儿娘有点发慌。董长兴道：“你慌什么？也不是什么大病，今天歇一天班，养养就好啦。”便叫庆儿给他去告假。不一会，杜老五和贾二旦一前一后走进来。

杜老五拿牙签剔着大金牙，瞟了病人一眼，冷冰冰地问道：“怎么，有病啦？”

庆儿娘小声答道：“可不是，黑间折腾了大半夜，也不想吃东西。”

杜老五嗤着鼻子道：“谁也不是铁打的，哪能没有个三灾两难的，要是个个人一不精神就歇班，矿山早得停工啦！”

董长兴翻了个身，哼哼着道：“我但凡能动弹，也不愿歇，实在是熬不住啦！”

杜老五好像没听见，耷拉着驴脸道：“起来

吧！一星半点病，也要不了命！都是关南人，乡里乡亲的，别闹得大家脸红！”

董长兴哼哼着，还是不动。

贾二旦发急道：“你装什么聋！难道没听见组长的话？”

庆儿娘用哭音哀告道：“你们可怜可怜他，饶了他吧！也不是装病，不看见他的嘴都烧起泡来啦！”

贾二旦哪里肯听，尖着嗓子骂道：“给你脸不要脸，偏要自讨没趣，我看你能动弹不能动弹！”说着上去就挡开被窝，横拖竖拉地把董长兴扯下炕，一直往门外拖。

董长兴病得两脚没根，叫贾二旦拉得一个斤头一个斤头的，一时又要咳嗽，呛得脸红脖子粗，喘不过气来。

庆儿娘叫道：“你们这是做什么？人家有病，也没把命卖给你们，就不许人家躺一天？”上去要拦。贾二旦一回手把她推出多远，喝道：“靠后点！一上山，命就不是你的了！”

庆儿闹愣了，一会跑着追出去，约莫半顿饭

工夫，又把他爹搀回来。董长兴耷拉着头，胡子上挂着红痰，一步一哼哼，好容易挨到炕边，一头攮下去，眼一闭，半句话也不开口。

庆儿娘慌了神，忙着给男人盖上被，哭着问道：“你这是怎么的啦？”

庆儿噘着嘴，气虎虎地说道：“都是姓贾的那小子不是人！他硬拉着爹走，爹倒了，走不动，他还打，看看实在不行，才扔下爹！”

这一折磨，董长兴的病一时重，一时轻，缠到身上再也不去。

八　长夜漫漫何时旦？

人是经不起折磨的，可又顶耐折磨。董长兴比起乍来时，走样了。高大的骨格瘦嶙嶙的，两腮洼下去，头发胡子乱蓬蓬的，亚赛霜打的枯草。庆儿娘见他血气越来越衰，有时为了吃的，一能动弹，还得挣扎着上班，日夜担忧他支撑不住。可是也算他命大，熬过一个春天又一个春天，熬过一个秋天，于今又入秋了。刚过五十的人，记性坏得颠三倒四的，心事又重，好不好便带着忧愁的神情，问他老婆道："你说咱们离家几年啦?"

庆儿娘掐着指头，怯生生地算道："前年冬底来的，去年一年，今年是第三个年头了。"

董长兴就叹气道："哎，日子真难过，怎么好像有几十年啦!"

殷冬水早出了院，瘦了，嘴显得更大，左胳膊郎当着，袖口空荡荡的，性子变得更烈。每逢谈起这些事，他就要破口骂道："他娘的，算起来日子不多，倒霉可倒到家了！光肥了日本人！你们看山上，一年兴旺是一年!"

可不是，矿山上数着这时候人多，房子和土窑塞得满噔噔的，还占不下。新抓来挺多人只得露天搭窝棚，秋天雨多，一连阴，漏得泥汤浆水的，站脚的地方都没有。

庆儿娘又像哭似的埋怨道："光知道到处抓人，拿什么给吃的！前次领了点小米，他爹还高兴呢，谁知是捂了的坏米，焖干饭吃，臭得像屎，一闻就恶心发哕，哪里咽得下去！这一程子，想吃臭米也吃不到，光配给山药蛋了。"

还是烂的，都生了芽。米缸里没有一颗存粮，白水煮烂山药蛋，乍吃也香。一遭香，两遭臭，赶吃到第三遭，见了就发醋。大人还可以强咽，庆儿快长成人，正是能吃的时候，饥一顿，饱一顿，哪能经得起？他只觉得肚子发坠，想要拉屎，可是又没屎，扑哧扑哧的，拉的尽是白沫。不上几天，这孩子便爬不起了。先是发冷，浑身好像浸在冰里，直打寒战，后来又发热，跟火热一样，两脚乱蹬，盖不住东西。翻腾一宿，眼窝便塌下去，说话都没力气。

庆儿娘守在旁边，擦眼抹泪的，觉也不睡。儿子哼一声，她赶忙问："庆儿，你哪里难受？"儿子蹬开被，她又赶忙替盖上，接长补短地小声问道："庆儿，你喝不喝水？你想不想吃东西？"

庆儿闭着眼，糊里糊涂的，一味地摇头。天亮以后，他安生点，睡了半天，又醒了，要吃东西。他娘从锅里拾了碗烂山药蛋，剥光皮，喂一个到他嘴里。他嚼了嚼，唠了一口，都吐出来，呻吟着说："娘，我吃不下！"

他娘这一阵寒心，扑落落掉下泪来。除了山药蛋，即使翻倒土窑，也刮不出半点旁的吃食。她活到四十，跟前只这块心尖上的肉，剜出她的心，也要救活他。就咽下口泪，对儿子悄悄说道："庆儿，你耐一下心，娘给你找好吃的去！"一边抹着泪，赶到杜老五家里去，没开口，先流下泪来道："行行好，你给上'老虎科'说一声，开点白面票吧！我那孩子病啦，顶到脚下，连口汤水也没喝！"

杜老五挂下驴脸道："呃！庆儿又歇班啦？你们家那两个人是怎么回事，三日打鱼，二日晒网，这又不是在你们家里，怎么这样随便！"

庆儿娘拿袖口擦着泪，低声下气道："我也知道歇班不好，谁想到他就病了。先求组长借点面，以后病好了，叫他补多少工都行。"

杜老五瞟了她一眼，望着贾二旦说："你听听，不上班，倒要借面，净是他们的便宜了！一些臭苦力，也都长嫩了，这个病，那个病，光我们组里，两天就躺下四五个。"

全山病的还多呢。有的害热病，多少日子水

米不沾牙；有的害血伤寒，鼻子淌出一大摊血，传染得顶快；也有结火太大，拉不出屎，尿不出尿的。工人们都怪山药蛋，“老虎科”传出话来说：过三两天定准发面。面当真发下来了，灰不溜丢的，夹着杂七杂八的黑皮，原来是黑豆面。刚吃上一顿，许多人拉起稀来，有的转成痢疾。言语没腿，走得可快，全山很快都耳闻一件事：日本人怕吃了黑豆面不消食，特意在里边掺进黑白丑（一种吃了就泻吐的草）。灾病一流行，矿山的日本医生平野闹不清是什么病，不论男女，抓到人就按倒，把根两三寸长的玻璃管插进屁眼里，抽粪验病，吓得工人见了就跑。

庆儿害的是热病，从早到晚昏迷着。这天傍黑，他爹拖着个病身子从活地回来，老两口悄悄地守着儿子。听着儿子喘气的声音，半晌半晌，女人终归忍不住，抽抽搭搭哭道：“咱们就这样眼睁睁地看着他死了么？连点能吃的东西都不替他弄！”

董长兴闷着头不响，眼珠死挺挺的，转都不转。好半天，他喘了口气，抓起菜刀掖在怀里，颤颤哆嗦地拉开门，走到外面去。女人吃惊地叫道：“你做什么去?”他早走远了。

约莫过了两个钟头，董长兴才跌跌撞撞走回来，回身关上窑门，又顶上根大栓。他的全身沾着露水，满头冒着汗珠，气色很不定。庆儿娘吓得紧盯着他，只见他走到锅台边，从怀里掏出菜刀，又掏出一大堆新割的高粱穗，一面喘嘘嘘地说道：“我活这么大年纪，柴火棍也没沾人的，于今逼得我去偷！庄稼主弄点庄稼，那是容易的?要不是走投无路，我姓董的一万辈子也不干这种寒伧事！”说着掉下几滴眼泪。

两口俩立时偷着摘高粱，提心吊胆的，就怕碰上特务或是自卫队。摘了一些，在锅里熬成粥，先舀了一碗给儿子。庆儿闻见饭香，半睁开眼，在娘手里喝了两三口，便摇摇头不吃了。做娘的禁不住悄悄哭道：“唉，这苦日子，几时才能熬到个头，倒不如死了好！”

董长兴瘫在炕上，半点也不想吃。

九　死亡线上

庆儿没好，他爹又跟着害起热病了。炕上躺着两个病人，忽冷忽热，整天昏迷不醒，全靠庆儿娘招呼。一发高烧，老头子仰着脖子，胡子挂着黏痰，含含混混地乱说胡话。庆儿闹得慌，翻来覆去，顺着嘴乱说："回家去，回家去，我要回家去！……"发起冷来，这孩子便直着嗓子嚷："哎哟嚎！哎哟嚎！"一下子就厥过去。

庆儿娘日夜不脱衣裳，伴着病人悄悄地哭，心里又焦急，憔悴得黄皮骨瘦的，好像拿栀子水洗过脸，本来没病，也带上五分病了。爷俩都不挣工钱，一天一天，家里绝粮了。长兴清醒点，喝口白水，像是个馋嘴的孩子，哼哼着说："哎，要有口米汤喝多好！我就想口米汤喝！"

可是从哪弄呢？庆儿娘还是昨天晌午吞了几个半生不熟的烂山药蛋，顶到脚下饿着肚子。人穷志短，爽性抹下脸，出去讨口饭吧！碰巧能要点米汤，也说不定。就端着个破碗，走到外面来。

区里的光景竟大变了，死亡统治着全山。四下静悄悄的，难得遇见个活人。就是遇见个把人，也只剩下副骨头架子，走路摇摇晃晃的，快进棺材了。前沟后沟，扔得满是死尸，有的卷着破席头，有的光着身子，死尸的臭味熏得人恶心。要哭么？哭吧！哭几回也就没劲了，不哭了，活着的人还得活呀！

庆儿娘拿手扶着墙，走几步，歇一会，挨到一家门口，朝里伸着个破碗，有气无力地小声说：“行行好吧，乡亲们，有剩饭赏我一口！”可是，这家门口摆着死人，那家炕上病倒好几口，第三家的病人快要断气，娘们小孩正围着凄凄惨惨地哭。自己都顾不了自己，谁还能分心可怜旁人。庆儿娘直着眼，时常不小心，一脚踹着人家墙根放的死尸，绊个斤头，哄起大群的金头苍蝇。她也不在意，竟像叫木头绊倒一样，爬起身又走。

走过几栋房子，耳闻到有人呜噜呜噜地叫，不知噪闹什么。她顺着叫声走去，转了个弯，来到一所大工房前，只见那个日本医生平野嘴上蒙着白口罩，手上带着白手套，正在发脾气。他专管工人区的卫生，打从流行病发生，显得格外关心，天天来查房子，一来便大呼小叫，有时嫌工房龌龊，不管刮风下雨，高低也要这家把病人挪到门外去，打扫屋子。病人死了，他却整一整口罩，掉开脸骂："谁叫你们不讲卫生，病了又不吃药，统统死了活该！"

这当儿，平野离大工房站得远远的，嫌口罩不紧，又拿手捂着鼻子嘴，指手划脚地叫道："传染病！传染病！快快抬出去埋了，好封门！"

就有个跟来的中国职员跑到各家门前嚷道："埋人去，埋人去啦！"

庆儿娘倚着墙，茫然地望着大工房，只见里边对面两铺大炕，排满了人，全都伸着腿，光着脚，直挺挺地不动。屋角带有四五个死尸，堆在一起，像是柴火。原来一屋子人都害热病死绝了。

那个职员白嚷一阵，嗓子都哑了，跑回来喘道："真没法子，全区都跑遍了，也找不到一个像样的活人！能动的早上班啦！"

平野指一指扔在各家门前和山沟里的死尸，又呜噜呜噜叫道："这些怎么也不埋？昨天不是告诉了要埋么!”

那个职员说:“昨天死的都埋了，这都是今天新死的。”

平野就像和谁赌气，恨恨地道:“死吧，死吧，中国人死光了没关系!”

庆儿娘寻思平野是“老虎科”的人，也许肯借点粮食，救救他们一家三口，便走过去跪下磕头道:“掌柜的，发发慈悲吧！我家里有两口病人，一天没生火了！……”

平野一扭头，掩着鼻子倒退几步道:“臭死了，给我滚开!”连忙跑了。

庆儿娘跪在地上，披散着头发，两眼直瞪瞪的，再没有力气爬起来。她心里空落落的，各种念头都断了，只觉得周身软绵绵的，一点一点瘫化下去。这都是命，听凭命摆弄她吧！背后来了一阵脚步声，有人压着嗓门唤她。她听见了，可像在梦里，连说话的气力也没有。来的人俯到她的头上，连声问道:“大婶，你怎么啦?呃！你怎么啦?”

她拨拉开头发，抬起眼，看见殷冬水站在跟

前。殷冬水敞着胸膛，满脸是汗，右手叉着腰，肩膀上扛着个挺沉的口袋。他也不等回答，性急地问道："大叔他们好点么？我刚从乡村买回点米，就怕碰上混帐的自卫队，说是犯私，给我没收去。走吧，赶紧回家去吧！"

就扶了他大婶一把，搀她起来，两个人东张西望地溜回家来。

十　阶级的爱

不发寒热时，董长兴的神智挺清醒，只是不能动，更懒得说话。深更半夜不合眼，夜夜听见大群的狼嗥，抢着吃山沟的死人，吃红了眼，有时大月亮地，也敢闯进工人区里，前爪扑上窗，把嘴伸进工人的家来。越到夜静，左邻右舍的大人小孩唧哇乱叫，一会就有女人一声天一声地地哭着亲人。董长兴不禁要想到自己的身世，离乡背井，拉家带口的，眼前病得下不来炕，万一有个好歹，剩下他们娘俩怎么弄？一个老人家，受苦受难，心上磨得起茧，归期落得这样惨，思前想后，忍不住一阵心酸，簌簌地淌下泪来。

起初，一早一晚，贾二旦也不让他安生，常在窗外尖着嗓子骂道："真背幸，辛辛苦苦一个月，到头分不到钱，还得喝西北风！组里也不像个组了，东倒西歪的，简直是鸡巴毛炒韭菜，乱七八糟！别拿死降着人，又不是什么宝贝，有鼻子有眼的人，天下还不有的是！要死快死，好倒地方给旁人！"

一来二去，慢慢地不大骂了。董长兴幸喜没人噪聒，心里可寻思道："那个刻薄鬼莫非是吞了糨糊，黏得张不开嘴？"

殷冬水招着庆儿娘迈进门时，董长兴又在流泪，一时有点难为情，拿鸡爪子似的黑手抹干净泪，苦笑道："你看我越老越不成材了！也不知怎的，动不动就好哭！"

殷冬水拿右手揪住肩膀上的米袋子，一哈腰撂在地上，拿胳膊往低脑门子上一擦说："他娘的，剩下一只手，做事到底不灵了。"一回身又说："大叔，你也不用过意不去，这袋米是买给你和我兄弟的。我孤人一个，这两年勒紧肚子，好歹攒下几个钱，今天总算用得着了。”

董长兴一阵感激，背过脸说不出话。他女人小声哭道：“多亏大哥操心啦！人到这地步，也说不出旁的了。这也是天数，赶上这个灾难，只好听天由命吧！”

殷冬水揪着破袄襟擦擦胸膛上的红汗，又忽打忽打地搧着风，亮开大嗓门说道：“什么天数？我再不信这一套了！你就是说的黄河水倒流，我也不信了！要说是天数，为什么日本人不死，偏偏就是咱们出苦力的该死！依我的歪看法，这都是几年来肚里无食，身上无衣，劳累过分，一下洞子再受些阴寒，才熬出这场大病大灾，旁的都是假话！”

董长兴闭着眼，上气不接下气地道：“冬水，你说的是……我一辈子做事，一步迈出去两个脚印，心胸放得正，几时亏过人？不该把我往死路上挤！……”

殷冬水一歪身坐到炕沿上说：“大叔，放宽心吧！人往高处想，水往低处流，等你病好了，咱们回家去。……”可是又即时改口悄声道：“不过我真等不及了，打算就走呢。”

董长兴从枕头上抬起头道：“他们放你走么？”

殷冬水把大嘴一闭，又压着嗓子说：“腿是我的，他们管得着么？丢了一只手算了，不能把命再丢在这。组里有些人，也都想跑。”

董长兴颤颤哆嗦地伸出手，使劲抓住殷冬水的手背，好半晌才颤着声说：“跑吧，趁着翅膀没断，赶早跑吧！……你大叔算是完了，再不能活着见到家乡人啦！……记着我的好处，忘了我的坏处，咱们二位这世有缘，来世见吧！”

殷冬水心里好惨，咽了口唾沫，不能出声。

已经是晚半天，工人下了班，只听贾二旦在外面尖着嗓子叫道：“埋人去啦！‘老虎科’叫埋死人去啦！”

殷冬水便骂道：“这小子，太没人味，病人死活不管，光知道顶着死人的名字，报虚名，吃空钱，下自己的腰包。”

贾二旦又在外面指着名叫道：“殷冬水，殷冬水，埋人去啦！——这家伙，也不言语一声，就旷半天工，钻到他娘的肚子里去了不成？”

殷冬水提起嗓子回骂道：“你吃了屎不成，满嘴不干不净的，混骂大街！老子就在这，别当我也怕你！”一边气虎虎地往外走，可是个子大，忘记低头，一下子碰到门框子上，痛得直揉头。这一下倒想起件事，连忙回过身说：“他娘的，正经事没办，倒气昏了！这有两粒牛黄解毒丸，刚给大叔他们掏换的，人家说治这个病顶灵，留着吃吧。”

说着从怀里摸出个纸包，递给庆儿娘，一掉腚又走了。

十一　茫茫的夜路

这天黑间，月亮滴溜圆。正当半夜，一小股人摸出工人区，顺着一道陡坡溜到沟底，悄悄地偷下山去。一起是十个人，被窝卷成长条，斜捆在身上，有的后腰上还绑着个破包袱，手里一律提着根镐把子。领头的是殷冬水，闪着个大身量，脚步总不能放轻，往往踩得石头响。后尾都是本组的光身伙友，脆萝卜嗓子也在里边。死逼到头上，谁不想跳出死地？三言两语，彼此透露心事，又一商量，就在今黑间觑个空，搭着伴奔下山去。

月亮光白花花的，满山的灯火好像褪了色，也好像比往日稀落了。这股人掩掩藏藏的，一路小跑，快到山脚时，影影绰绰地瞭见前面有一座炮楼，枪眼里透出灯光。

殷冬水收住脚，悄悄喊道："这边来，这边来！"领着大伙爬上个斜坡，翻出了沟。

满地都是大秋，正待收割。伏里雨水缺，庄稼人又不断地得给日本人修路，摊差事，难得细锄草，庄稼便瘦得可怜，四处全露地皮。殷冬水领着大家插在庄稼地走，奔着宣化那个方向。从谷地钻进高粱地，高粱地又钻进豆子地，才认为摸到正路，不曾想走到个断崖上。

脆萝卜嗓子叫棘子挂破腿，嘟囔道："这是往哪走啊？瞎闯一阵，走的就不是路！"

殷冬水拿镐把子拨着庄稼，一边走，一边说："管他是路不是路，碰碰再说。"

转来转去，殷冬水也烦了，把镐把子一摔，爽神坐下去，赌气道："歇歇再走吧。看起来方向不错啊，怎么老摸不着正道？”

脆萝卜嗓子朝后望望，还瞭得见红石山上的几点灯火，就发急道：“也不知道天什么时了？顶多才跑出十里地。万一日本人撵来怎么闹？”

殷冬水大声大气道：“撵来就干！下山以前，大伙不是讲得明白，一个人一根镐把子，要是来追，豁出去拚了，也不走回头路！不是我吹牛夸口，别看我缺胳膊手腿的，来个三对五对，还不放在眼里。只要天亮赶到宣化，一上火车，天大的事也不怕了。”

脆萝卜嗓子忽然指着远处道：“你们看，那是什么？”

原来是辆汽车，亮着灯光开过来。大家慌得急忙躲到庄稼里，灯光却慢慢转了方向，开过去了。

有人喘了口气道：“这准是从龙关往宣化开的，不知又有什么急事？可也巧，咱们正摸不着道，原来在那。”

大家连忙整整行李，迈上大道，顺着一铲平地放开脚步。原先那个焦急心慌啊，这会子恨不能一步迈到宣化。风露更大，庄稼散出股青味，各人都想起家，恍惚闻到家乡的土味。

鸡叫了三遍，月亮偏到大西边，满地乱摇着庄稼影子越来越淡。白天和黑夜仿佛只隔一条门坎，跨过这一步，天就亮了。他们赶得口干舌燥，浑身发黏，来到一个小村，可巧有家干饼子铺，刚开门。大家正要找水喝，从东又开来辆汽车，碾得尘土飞扬。殷冬水瞪了大伙一眼，迈步想跑，汽车早闯到跟前，车上有人大声喝道："不许动，谁动就打死谁！"

两挺机枪架在头一辆车上，正瞄着大家。杜老五伺候着广岛小队长立在车上，自卫队和日本"大部队"纷纷跳下来，一阵撕打，把十个人全都绑起。

一回矿山，杜老五马上保出脆萝卜嗓子等九个人，好言好语对他们说："我这个人就是心软，你们可以对不起我，我可不能对不起你们。我知道你们都是好人，无非错听了姓殷的一套胡话，一时糊涂上当，往后可得规规矩矩做事，再闹出漏子，就怨不得我了。"

殷冬水真像犯了滔天大罪，五花大绑，立时捆到沙子地地牢去。半个月后，工人们早晨上班，路过满寿山，发现“老虎科”前搁个小木笼，里面摆着个人头。那头的肉皮叫药水泡得白里透青，脑门子很低，玻璃似的眼睛半睁半闭的，大嘴却闭得紧紧的，带着种激愤不平的神气。

认识的人失声叫道：“哎呀，这不是殷冬水么？”

可不是。杀鸡给狗看，他被认做八路军，竟叫日本兵拿机枪打烂下身，又绑到柱子上，练习刺枪，直到全身都烂了，才割下头，挂在这里示众。

十二　春天来了

春天来了，正是一九四四年。吹上几阵东风，红石山上各色各样的花草都冒了头。黄玫瑰开得最早，香喷喷的，遍山遍野都是。工人区的石碓臼里积的雪都化成水，几只山鸦雀落到碓臼边上，尾巴一跷一跷的，抢着跳进雪水里，亮开翅膀，头往水里一扎，翅膀拍打着水，洗起澡来。

董长兴的心一点都没苏醒。去年爷俩病时，庆儿吃了丸药，再加上他娘侍候得熨熨帖帖的，躺了二十来天就好了。做爹的到底老了，从秋天躺到冬天，冬天又拖到春天，刚好点，别做事情，做事别累着，别撑着也别饿着，更不要焦急，一焦急，那病也就犯了。就这样，时好时犯，整整拖了半年，拖得老头子只剩下一把瘦骨头。

殷冬水的死信传到老人的耳朵时，他一天没吃饭。殷冬水是他近邻，又是他从小摸着头长大的，死得这样惨，哪能不伤心？

节气一改，庆儿娘心里又存了点指望，天天辨别着男人的气色，悄悄想道："病怕春秋雨季，开春没添病，也许不要紧了。"

土窑外下起雨来，沙沙的，一阵松，一阵紧。顶到半夜，庆儿才推开门进来，浑身湿淋淋的，又是红汗，又是泥水，乏得什么似的，一屁股坐到炕上说："饿坏我了！快给我点吃的罢，娘！"

他有十七岁了，一半像大人，一半像孩子，身量才拔起来，脖子显得很长，劳累得又瘦，只剩一对大眼，挂着帘子似的红眼睫毛。他娘连忙拾了一碗红高粱面窝窝头，递给儿子，站在旁边看着儿子狼吞虎咽地吃，一面问道："今天怎么回来的又是这样晚？"

庆儿塞得满嘴是干粮，呜噜呜噜说道："还不又是紧红。日本要指着数要我们四百吨红，出不齐，只好打连班，下雨也得干，熬得大伙又乏又饿，骨头都断了！"

庆儿娘又像哭似的说："真作孽呀！咱们这些人前世做了什么损德事，落在这里活遭罪！就不会有个活神仙，下来救救咱们！"

满寿山忽然拉起汽笛来，又急又尖。……

起根只当是下夜班，没人留心。可是汽笛一个劲叫，隐隐约约还有枪响。庆儿撂下吃的往外就走。天空一片乌黑，雨下得正急。工人们差不多全起来了，胆大的打开门，出来探望，互相问道："哪里响枪？"谁也摸不清，只听见这个山头也放，那个山头也放。汽笛忽然断了，满寿山一带灯火全灭，黑咕隆咚的，人又叫，枪又响，乱做一团。

杜老五黑地里慌慌张张嚷道："快进屋去，准是土匪来砸明火！"

贾二旦也尖着嗓门骂起大街来："王八蛋操的，你们是死人不成？还不去关电网的门，好合闸！"

可是没等通上电，电网外一阵脚步声，一大伙人影早从入口处涌进来。当头的影子又矮又壮，像个小孩，领的路一步不错。好几条嗓子齐声喊道："老乡，咱们是八路军，不用害怕！"

工人们大半没见过八路军，光看见日本人把八路军画成蓝靛脸，红胡子，还有犄角。他们未免惊慌，赶紧往家跑，砰砰磅磅乱关门。庆儿头脚进来，二脚就闩上门，赶忙拧灭电灯，喘嘘嘘地说："他们到底来做什么？"

半空响了雷，打起闪来。雨地里又是人跑，又是人叫。庆儿娘吓得一屁股坐到地上去，衣裳扫在锅台上，哗啦一声，几个碗跌得稀碎。

就在这时，有人跳到窑门前，一边捶门，一边叫道："开门，开门，赶快开门！"

窑里的人都噤住声，动都不敢动。

门外叫得更急。董长兴的精神一震，觉得嗓音好熟，再一细听，骤然撑起半个身道："庆儿，快开!"

门一开，黑影里闯进来的是胡金海。

十三　黑人

自从打死大毛驴后，胡金海其实一直躲在大坝口他姐姐家里，隐姓埋名，不敢露面，变成个黑人，像埋在土里一样。

他姐姐先时很担心事，再三叮咛道："往后可别由着你的心意胡来啦。虽说这是八路军的地面，那些死鬼子汉奸可不断地来，再惹出祸，连你姐夫也要受牵连。"

他姐夫王世武是个细高挑，长得细眉细眼的，为人精细老到，见事透亮。家里房无一间，地无一垅，自少要的是木匠手艺，好不容易攒下几个钱，将近三十才成家，日子过得还是吃了上顿，没有下顿。一九四〇年春天，八路军开辟了平北根据地，一个罗区长来到龙延怀八区（龙关、延庆、怀来的混合县），帮助穷人减租减息，增加工资，又挑了十个年轻、腿快、胆子大的人，编成游击小队，专管替八路军送信带路。王世武亲身参加了增资斗争，日子过得强了，干得起劲，又当了小队长，从此跟革命血肉相连了。他从早觉得胡金海刚硬要强，是条汉子。过了一阵子，看看没人追问，就替胡金海揽了群小羊羔放。

这当中，胡金海时常碰见八路军，都是些挺和气的人，穿着灰军装，有时是过路，到村问问地名，坐在街上歇歇乏就走了。有时也在村里住宿，悄悄地来了，悄悄地又走了，一点都不惊动人。深更半夜，还往往有人来敲王世武家的门。这些人穿着便衣，包着头，跟庄稼人一模一样，只差身上背着个挎包。每逢有人来，胡金海一定要帮着姐姐替客人烧水，或是做点吃的。

有一个黑间，罗区长来了。三十左右年纪，一身蓝粗布裤褂，磨飞边了，鞋也绽了底，露出脚指头来，身上背着杆单打一的牛枪。脸盘又扁又平，鼻子眼长得朴朴实实，厚厚道道的，走到哪都不惹眼。见了人也不大言语，只是一味地咧着嘴笑。

胡金海端着一大碗开水送给他喝。罗区长含着笑点点头，从上到下打量胡金海几眼，又笑了笑，才问王世武道："这是你的什么人哪？怎么早日没见过。"听见说起胡金海的来历，就变严肃了，点着头赞道："噢，倒真有骨气！"接着一低头，看见胡金海脚上趿着只破鞋，底和帮快分家了，便叹道："嗐，怎么连双鞋都混不上穿的！我这有一双，你先拿去穿吧。"一边从挎包里拿出双崭新的布鞋。

胡金海哪里肯接，怪腼腆地低着眼道："区长留着自己穿吧，你的鞋也破了。"

罗区长硬把鞋塞到胡金海怀里，含笑说道："拿着吧，拿着吧，我就是再苦，也比你强。"

胡金海收下鞋，说不出的欢喜。他先前只当是世上的人都是只顾自己，不顾旁人，骑在旁人身上扇扇子，哪管你死活。像罗区长这样好人，他做梦也没梦见过。从此心坎里便留下罗区长的影子，时时刻刻也忘不了。

隔不几天，胡金海正在野地放羊，望见三个

军人扑着村走来，扛着枪，大模大样的，也不避人。近前一觑，原来是矿山上的自卫队。

他的心闪电似的想道："这是来抓我的！"急忙闪到一块大石头后。

庄稼人多半到地里送粪去了，村里空落落的。三个自卫队进了村，也不见什么动静。青草正发芽，小羊羔吃得欢，四处乱跑，专找嫩芽吃。胡金海由着它们跑去，也没心照管。足足有一顿饭工夫，村里忽然响了声手榴弹，紧跟着又是一声。

胡金海正在纳闷，只见有个自卫队逃出村来，光着头、赤着一只脚，没命地跑，后边追着王世武和一个武大郎形的矬子。他心里明白一半，跳起来迎上前去。

自卫队看见觌面来了人，扭头又跑。胡金海捞起块石头，飕地扔出去，大声叫道："你往哪跑？看我的手榴弹！"

自卫队吃这一吓，一下子颠到沟里去。胡金海抢到沟沿上，张着膀子跳下去，一屁股骑到自卫队的身上，按住他的头，回过脸叫道："拿绳子给我，捆起他来！"

就由王世武帮着捆了个结实。

自卫队的脸擦着地，满嘴告饶道："大哥，大哥，你饶过我吧！"

王世武眯缝着细眼笑道："我饶了你，你可不饶我。话糙理不糙，这也不能怨我不讲交情，谁叫你自讨苦吃。"又转脸对胡金海说："你看这些不知死活的东西，真是馋猫鼻子尖，吃腥嘴了，跑到咱这来要草鸡。我把他们稳在村公所，说是出来找鸡，可把吴黑找回去了。"便指一指刚刚跑上来的那个矬子。那人长得不过三尺来高，头有斗大，戴着顶大草帽子，活像蘑菇。

只听吴黑接嘴笑道："找到我能有什么好处？还不是送他们两颗手榴弹，炸得死的死，伤的伤，这个家伙草鸡没吃成，倒先草鸡了！"

十四　你们看我行，就写上我吧！

区里给吴黑庆功戴花的那天，胡金海在会上也受到罗区长的表扬。胡金海佩服吴黑，就拉拉王世武的衣角，关心地问道："这个人长得怎么这样出奇?”

王世武笑道:“你别看他长的丑,可有内秀。最会拉朋友,套交情,常常借口给日本人送情报,跑到矿山上探听消息,跟自卫队熟得动手动脚的,不分彼此。”

会场上飞起一片掌声。罗区长站到石台阶上,伸出两手压平满场的声音,慢静静地笑道:“吴黑同志这回的功劳真算不小,殊不知也是整个咱小队的功劳。你们看咱小队的同志,差不多个个都是年轻力壮,勇敢大胆,土枪土炮,手榴弹地雷,来了就够敌人受的!不过咱们的人还不大够,大家还该多多参加,谁愿意,现在就可以自动报名。”

胡金海的心猛然一跳,脸色都变了。先前他在矿山上,熟人很多,可总觉得孤零零的,没个依靠。今天在场的挑不出几个熟人,个个生龙活虎似的,仿佛都是亲人。他模模糊糊觉得这当中有股挺大的力量招引着他。他的两眼直盯着罗区长,想开口又开不得。

罗区长望了他一眼,看出他的心事,带着笑问:“胡金海,你的意思怎么样?”

胡金海的心一下子落下去，长眼眉舒展开，有点害羞说：“你们看我行，就写上我吧。”

从这天起，他加入游击队，好像重新从土里钻出来，腰板也直起，只觉得四面八方都是力量，支撑着他。罗区长更像盏黑路上的灯亮，领着他前进。菠菜上市，小羊羔吃草长大了，归了大群，他不再放羊，索性跟游击队跑到矿山附近，闹铁、割电线、打游击、摸炮楼，日夜不休，轰轰烈烈的，直顶到一九四四年春天。

十五　霹雷闪电的黑间（一）

夜里十一点钟，天下着雨，沙沙地，一阵松、一阵紧。吴黑戴着大草帽子，挎着个篮子，里边盛着新炸的油糕，用布盖着，从红石山背面爬上来。天黑路滑，走的又是放羊小道，全仗他路熟，领着胡金海等二十几个人一直摸到满寿山顶那座大炮楼近前。

炮楼下边紧邻着“老虎科”。矿工们不知吃了“老虎科”多少苦头，游击队决心要攮这个黑心儿刀子。临时从各村调集五十多人，分做两路：一路由王世武领头，去砸“老虎科”；另一路就是胡金海、吴黑等人，要首先抢占这座炮楼。

事前吴黑费了番心事，探清山上敌人没添防，这两天可巧又是他认识的一个叫高义的自卫队守炮楼。头天下午，他像个鸭子，摆呀摆呀的，特意从炮楼前走。

高义从枪眼里叫道：“吴黑，你孤鬼冤魂的，往哪瞎逛荡?”

吴黑假装一愣，笑骂道：“操你娘，我当是谁!”又扬了扬手里拿的黄芹说：“我摘山茶来了，你要不要?”

高义的尖鼻子伸进枪眼，叫道：“我当什么好东西，谁稀罕你的。要孝敬老子就孝敬点好吃的东西。”

吴黑仰着脸笑道：“看把你美的！你想吃什么？我家里还有糕，给你送些来好不好?”

高义喜得道：“要送可早点来，别叫鬼子看见，又给霸去吃了。”

现在正是来送糕。炮楼矗立在黑地里，显得

又粗又高，怪怕人的。中间一层的枪眼亮洼洼的，正有人影闪动。吴黑朝后做个手势，胡金海等人全趴下，他独自个走到炮楼跟前，手捏着大草帽子边，仰着头喊道："高大哥，高大哥，睡了没有？"

上边喝道："哪一个？站远一点！"就听见搬得枪闩响，竟不是高义。

吴黑吃惊地想："坏了，怎么换人啦！"仍旧壮着胆子说："我是吴黑，高大哥叫我来送糕。"

这才听见高义睡得朦朦胧胧地问："你怎么天不亮就来了？"

吴黑笑道："下雨天，谁知道什么时候了？我怕你饿，就手也给你来送情报条子。"

枪眼里的人影乱晃，楼梯响了一阵，只听嘎啦一声，铁门开了。吴黑一进去，高义立刻又关上门。

炮楼一共用木板搭成三层。底下的一层盘着炉灶，放着吃食东西。二层是住人的：当中一张桌子，三张小凳；地上铺着席子，被窝挡得很乱；靠墙倚着两杆枪，机枪架上还有挺歪把子。第三层只有打仗时才有人上去。

高义抢过篮子去，抓起块糕就吃，领着吴黑往二层走。素日都拿吴黑当玩意，便取笑道："好孩子，到底是你孝顺，往后多送点吃的来，干老子也不会忘了你的好处。你不知道，这一阵乡村闹得太不像话，三个两个人就不敢下去弄东西，一下去准吃亏。"

楼梯口站着个瘦鬼，瞌睡眼，肿眼泡子。吴黑自来熟，爬上去笑道："你这位老哥也太不客气，人家来送糕，也不是来送死，你倒要开枪。"

瘦鬼大口吃着糕，响着黏痰嗓子道："你也别瞎埋怨，你还把我吓了一跳呢。这一向八路闹得凶，闹得'皇军'黑间都不敢上炮楼，光派我们来。要说我尿，还有比我更尿的呢！"

吴黑竖起脚尖，把情报条子搁到桌子上说："今黑夜放心大胆好了，八路军来的也不多，只有千数人。"

瘦鬼的手一颤，糕掉到地上。高义拿油手一摸吴黑的脸说："乖乖，瞧你油嘴滑舌的，多会说话。别尽着赖在这，滚你的吧！"

吴黑摘下大草帽子，甩着雨水笑道："我刚刚才来，又叫我走。外边正下雨，叫我往哪去呢?”

高义道：“你爱往哪去就往哪去，管我什么事。反正我要睡觉了，别在这碍事。”说着揪住吴黑的头发便往楼梯口拖。

吴黑的小短腿一绊一绊的，大草帽子也丢了，笑着骂道：“操你娘，过了河拆桥，连篮子也不给我。”

高义早把他轰下楼，打开铁门，叉着他的后脖颈子往外揪。吴黑拿手抵住门框子，不出去，也不让他们关门，笑着大声叫道：“救人哪！救人哪!”

门外卷进一阵风，胡金海飕地跳进来，高声喝道：“不许动!”牛枪便顶住高义的心窝。随后许多人一拥而进，捆起两个自卫队，缴了枪。

胡金海派人押走俘虏，从腰里拔出把斧子，猛力一砍电线，炮楼子立时乌黑。

这是个信号。王世武看见炮楼子拿下来，领着大家喊了一声，冲进“老虎科”，砰砰磅磅，乱砸起来。满寿山上的汽笛响了，又急又尖。全山的炮楼也闹不清哪里出了岔子，一处放枪，四处乱放。电线又被人砍断，警笛一下子断了，满寿山一带顿时漆黑。

胡金海打了声呼啸，领着人朝工人区扑去。

十六　霹雷闪电的黑间（二）

只听贾二旦尖着嗓门骂道："王八旦操的，你们是死人不成？还不去关电网的门，好合闸！"

可是晚了，吴黑早领人抢到电网的入口处，汹涌而进，一边喊道："老乡，咱们是八路军，不用害怕！"

工人们又惊又疑，抢着往屋里躲，又开门，又灭灯。胡金海几步窜进一座大工房，靠门站着，摆着手道："伙计们，不要害怕！原先我也在山上受苦，你们不认识我么？"

工人当中有从棺材缝里爬出来的旧人，疑疑思思说道："你不是那个打死大毛驴的……"

胡金海应声说道："不是我是谁！我于今当了八路军，这回进来，知道哥们苦得不行，特意往外救大家。想活命的跟我走吧！"

工人们愣住一回，一时明白过来，扑咚扑咚跳下炕，抱着被子便跑。有些人热病缠身，下不了地，急得嘁嘁地哭。

雨正急，天空打起闪来，一亮一亮的，雷就响了，轰隆轰隆，轰隆轰隆，满天打滚。跑在雨地里的人齐声叫道："跑啊，跑啊，不跑还等什么？"

这一叫，许多工房纷纷地打开门，工人争着往外挤，有的拖着长音叫："大爷呀，你们可来啦！"

人越来越多，足有六七百，辨不清方向，也不知道该往哪去，只听领头的吴黑一会喊："往南！往南！"一会又喊："往西！往西！"大家便追着这个声音向前跑。六七百人的脚步哗哗的，跟雨声也分不清。……

十七　霹雷闪电的黑间（三）

胡金海抽身跳到董长兴的窑门前，叫开窑门。灯一亮，董长兴恍恍惚惚还当是做梦，不敢真信。

他流着泪，颤着花白胡子道："金海，真是你么?"一会又流着泪笑道："唉，唉，想不到果真是你！我只说这辈子再也见不着你的面了！"

胡金海有点心酸。董长兴早先多么硬朗啊！几年光景就糟蹋得弯腰曲背，像是干柴扎的人。他心里焦急，不能久站，劈头说道："大叔，以后咱们爷俩再细谈。你们先跟上我走吧，强是在这活遭罪！"

庆儿乐道："我早就想走了。娘，快收拾东西……"

庆儿娘幽幽地说："你这孩子，光会说走，也不看看你爹病在炕上，连动都不能动，怎么个走法?"

董长兴颤着声道："孩子，要走你就走吧，不用管我。我但凡能动，爬也要爬出去的！只要我看见你活着离开这里，死了也放心！"

庆儿娘哭道："庆儿，你不要走！要死就死在一块，强是七零八落的，弄得家不像家！"

外面又是雷声，又是雨声，又是枪声，又是人声。好几百人的脚步哗哗的，震动全山，地面都震得乱颤。

胡金海心里发急，主意一转，几步跳到门口，回过头说："大叔，你宽心养病吧，我兄弟也不焦急走，以后再跟你们通消息。"说着拉开门，一窜窜到雨地里去。

董长兴仿佛要抓住他似的，兴奋得用拐肘撑起身子，头探到炕沿外，直僵僵地望着门外，惨笑了笑，想说什么，可是一阵昏晕，一头扑到枕头上。

庆儿娘使力摇着他的肩膀，哭着叫道："庆儿他爹，庆儿他爹。你醒醒吧！"

摇了半天，董长兴才醒过来，半睁着眼，望望女人，心里挺明白，精力可耗完了，就像灯碗里熬干了油，火焰就要灭了。

庆儿娘只是哭，董长兴的眼角也流下泪来，轻轻说道："庆儿呢？"

庆儿忍着泪往前凑了凑，小声说道："爹，我在这！"

董长兴握着儿子的手，半晌说道："孩子，我是不中用了！……我死了，要好好孝顺你娘……

这个地方也待不得，能走就走吧！……我的尸骨，也别丢在外乡，千万送我到老家去，别叫你爹做个孤鬼，就算安我的心了！”

庆儿娘放声哭道：“庆儿他爹，你当真就撇下我们娘俩走了么？”

董长兴断断续续说道：“我……我也管不了你们了！”

他的气力接不上去，慢慢地合上眼。庆儿娘号啕大哭起来，庆儿也流着泪叫道：“爹，爹！”过了半晌，老人又睁开眼，微微笑道：“别哭了，我正乐呢！……临死，我到底见到亮了！”带着这个微笑，他重新闭上眼，再也不睁开了。

电光一闪一闪的，雷从远处滚来，越滚越近，越近越响，盖过了雨声、枪声、人声、脚步声。红石山一时卷在霹雷闪电里，震得山摇地动。……

* * *

几天以后，大坝口开庆功会，当场成立了红石山游击队，跑下山的工人大半参加了，胡金海被举做队长。

十八　地下军

一九四五年五月的一天，王世武拿着个锛子，上了红石山。他是得到罗区长的指示，特意去找董庆儿，为了执行中国人民领袖毛泽东同志当时给沦陷区所规定的任务：“共产党人应该号召一切抗日人民……将自己组织于各色团体中，组织地下军，准备武装起义，一俟时机成熟，配合从外部进攻的军队，里应外合地消灭日本侵略者。”庆儿在山上给游击队通风报信，已经成了条最可靠的关系。为了怕惹眼，王世武换上胡金海早先的一套破衣服，红嫣嫣的，像个矿工。转过山嘴，就听见风机、卷扬机……响成一片。他顺着偏僻小路，避开“老虎科”，绕到工人区，一路打听着来到庆儿的土窑前，掀开破草帘子走进去，一边问道：“庆儿兄弟在家么？”

庆儿站起来，直愣愣地望着这个细眉细眼的细高挑。

王世武笑嘻嘻地小声说道：“你不认识我么？

说起来都是熟人，我是你金海哥的——”

庆儿瞥见他的锛子，脱口道：“金海哥的姐夫，是不是?”

王世武拉着庆儿的手笑道：“就是，就是。今天我找上门来，想托你点人情，有木匠活帮我揽点做做。在家里横竖没正经营生，闲着也不是事。”

庆儿狡猾地望着他，嗤地笑道：“你来了定规有门道，也不用哄我，别当我不懂。”

王世武拍拍庆儿的手笑道：“算你机灵，怨不得金海常常提起你。这件事，我也不好对你说，你也别露口风，往后自然会明白。眼时先替我揽点活，影住身子。”

庆儿想了想道：“木匠活咱摸不清，有活也说不上话。要当苦力还好办。我们组里死的死，跑的跑，杜老五正愁人手缺，我去说一声，就说我爹活着的时候就跟你熟，你看好不好?”

王世武点点头笑道：“这也好，就是要苦了我的脸，明天该变成关帝爷了。”

庆儿去一说，果然有点望。杜老五到底厉害，把王世武叫去，从眼梢瞟来瞟去，问长问短，挺不放心。幸好王世武是个精细人，早换了名字。他的嘴又巧，问了半天也问不倒，一点不漏缝。杜老五倒认为他靠实，一口答应留在组里。上班以后，王世武很会做人，不跟人吵，不跟人闹，一点都不咬群。装车运红，手脚自然不灵，有一个一差二错，贾二旦瞪着洼口眼，刚要骂，他自己先倒骂道："呸，我这个人有个屁用，只配回家给老婆洗裹脚条子！"说得贾二旦也笑了。

组里人都爱亲近他，一些年轻人更拿着他当宝贝看，有点闲空，便缠着他说书。说起来也怪，他肚子里装的陈谷烂芝麻，也不知道怎么那样多，今天是"说岳"，明天又是"梁山泊"，好像掏个十年八年也掏不完。庆儿更着了迷，整天粘在他身边，像个尾巴。

过了十天半月，大家熟了，王世武已经看中脆萝卜嗓子等几个有血性的人。一天夜里，恰巧都挤在庆儿的土窑里，围着他说古今。庆儿娘现在常揽点针线活，替些独身汉缝缝补补，挣点零钱。她正坐在炕头上，带着灯补一件穿酥了的破红褂子，推了庆儿一把说："起来点，你把亮都挡死了，叫我怎么看得见？"

庆儿笑道："娘，人家说得这么热闹，你怎么也不听听？"

他娘一边做活，一边说道："听书也不用手听。我一个字也没漏，你当我没听见。"就问王世武道："后来戚继光怎么的啦？"

王世武坐在炕当中，眯缝着细眼，咳嗽一声，又一字一句，不紧不慢地讲起来。今黑间他讲的是戚继光大破倭寇的故事，早年从老人嘴里零零碎碎听到一点，便添枝添叶，顺着嘴胡编。等他编到戚继光怎样单人独马，一连刺死十几个东洋海贼时，庆儿娘停下针，听出了神，叹口气道："哎！于今要有他这样个人就好了。"

王世武笑道："话糙理不糙，古今中外，能人多着咧，只怪咱眼瞎，有眼不识泰山。单拿我自己来说吧，常听人提起什么几路几路军的，可是心里糊涂，老闹不明白是怎么回事？"

脆萝卜嗓子悄悄笑道："你说的是八路军吧！连这个都不知道，还配叫什么百事通，简直变成白屎桶了。”

王世武打了自己的后脑瓜子一下，笑道：“对啦，对啦，一点不错。我真是仰巴壳下蛋，犁巴鸡！各位都是远处来的，走的路多，见的事广，别光听我耍贫嘴啦，也该讲讲这位猪八戒的本家故事，让我开开窍。”

脆萝卜嗓子小声叹道：“你们都是正经人，也不必瞒哄你们，我家里就是八路军的地面，前些年秋里鬼子‘扫荡’，把我硬圈来下坑道，哪日哪夜不叫我想那伙人？可仁义啦，专替受苦人打算，地主想多讹诈一粒租也不行，真是咱们的救命星！”

王世武紧摇着头道：“不信，不信，我就不信。人嘴两张皮，说东又说西，要说是咱们的救命星，山上一万多人，不死不活的，怎么他们瞪着眼不管？”

有人抢着说道：“王大哥呀，你这么个人，怎么也咬着屎橛子不撒嘴！人家打上山，救出多少人去，难道就没听见说？”

王世武惊道：“这是真的么？怎么日本人常说他们爱吃活人？”

好几个人齐声说："你还信这些话呢，放屁辣臊的，哄小孩也没人信。"

王世武立时悄悄问道："要是这么着，你们为什么不加入，也好有个救？"

大家都低了头，不知谁咕哝道："这事一来没有门路，二来也担惊受怕的，得有点胆气。"

王世武道："怕什么，哪里会走漏风声？我先还糊涂，听你们一说，心里透亮了，倒真想加入。我们堡子里时常也有八路军来，等我回去问问，要不要咱们，要就加入，你们看好不好？"

大家你望望我，我望望你，末后齐声说道："也好，你就回去问问吧。"

第二天，王世武告了两天假，下山探亲。回来时，还带着一篮子糕分给组里的伙友吃。前次那几个人都跑到庆儿的土窑里，眼巴巴地等着他。他一进屋，把手一拍，脚一跺道："嗐，这个事真叫我懊悔不迭！"

大家瞪大眼问："怎么的啦？"

王世武悄悄道："我这叫做聪明一世，糊涂一时，原先怎么不早加入？你没见人家罗区长，待人那个和气呀，一听说咱们要加入，喜欢的什么似的，还告诉我说，日本的德国把兄弟什么的……”便用手按着鬓角想了想道：“我也记不清了，不是‘拉稀的’，就是‘稀的拉’，反正是个屎包，前几天叫苏联打瘪了。这一下子，日本人算完蛋啦，于今还屎克螂掉在驴槽里，泥充大科豆！殊不知八路军早把矿山围住了，工人加入的更不在少数。”

庆儿娘放下针线，蹙着黄脸，幽幽地说：“但愿有一天，老天爷睁睁眼，保佑保佑咱们这些苦命人!”

王世武望着庆儿娘笑道：“话糙理不糙，说什么命啊，老天爷呀，都是没有影的话！天下的人谁不是一个鼻子两个眼，要不是那些有钱有势的勾结着敌人，拿着咱们当泥搓，难道谁还比谁少几辈，为什么要当孙子？共产党能解救咱们，就是活神仙，求求倒有用。不过凡事还得靠自己，这回咱们加入，也得进进步，做点事情。”

脆萝卜嗓子问道：“怎么就叫进步啊？”

王世武道：“进步就是说每人都该在山上多做

些事，帮助革命。比方说山上有好人，也有坏人，凡是不耍奸弄巧的，又可靠，务必拉在咱们一道，人越多，力量越大，越好办事，——这是头一件。二件更要大胆才行。敌人在山上拚命弄铁，无非想多造家伙，来杀咱们的人，咱们必得变着方法跟他作对，不让他随心随意。山上的铁，也可以多弄些下山，好造枪。将来有一天，八路军往里攻，咱们往外杀，来个里应外合！”

董庆儿把脖子一缩，伸了伸舌头说：“这不是要命的事么？”

有人怨他道：“要命就别干！瞧你那个兔子胆，没等怎么的先吓哆嗦了！”

庆儿发急道：“哆嗦？我才不哆嗦呢！明天做个样你瞧瞧，管保不比你差。”

当场王世武便悄悄地登记了几个人的名字，庆儿也正式加入了。

十九　火山

现在，矿山已经变成一座火山了，虽说没喷

火，地面早顶得晃摇起来。凡是日本人都挂上枪，不三不四的特务绕山转。天一黑，山上山下，山左山右，哩哩啦啦地常响冷枪，最善于听枪的老鬼子也辨不出是种什么枪，引得各山头的炮楼子乱放罗锅炮。

活地里更不稳。灯泡子用不上三四天就碎了，风钻的零件扔得七零八落，风签用着用着便不见了，火药费得不像话，可不见多出红。烂剥皮早就疑心是工人把风签火药一类东西送给了游击队，工人们辩白道："头上有青天，凭良心说话，山上有万儿八千人，人多手杂，你就是有十只眼，哪里看得过来？"

烂剥皮紧眨着左眼骂道："无风不起浪，没水不行船，反正你们脱不了牵连！"但又抓不到真凭实据。

破坏越来越凶。机器一开，变压器会忽然烧起来，怎么也查不出是谁把变压器油倒干了。有一天，风机正开足马力，外边猛然响了一声，工人慌得赶出来一看，只见一个二百五十吨的风缸蹦起一丈多高，摔到山沟里去。细一察看，原来谁把风缸的送风门关上，气出不去，憋得蹦走了。

急得日本小队长广岛瞪着牛眼，擂着桌子叫道：“马猴子（八路军）！马猴子！里里外外统统的是马猴子！”

于是乱抓人。不过也是瞎诈唬，“皇军”先就怯了，不见太阳不敢动，一出事就拿自卫队煞气，骂他们跟八路军一个鼻孔出气。这些伪军当真也不可靠，有时三个两个，连枪带人，无缘无故不见了。

八月十号那天，情形更乱。采矿所的日本人急头癞脸地催着工人拆几架一百马力的风机，当天要往张家口运。听说张家口那面怕人炸，急着要用风钻打山洞，好藏飞机。日本人急得要命，工人却像老太太坐牛车，慢吞吞地不慌不忙。直弄到深夜，好歹才把一架风机的零件装上火车。

火车不便再误，先开走了。下了矿山，顺着黑沙河套往前直奔。铁道旁一路是些狼烟墩台，黄土垒的，丈把高，古时候边境吃紧，便在墩上沤起狼粪来报警。车头的灯一会亮，一会灭。再一亮时，司机忽然发现前边的铁道扒了两丈多长，翻到一边。他连忙煞住闸，要停车，炸弹就响了。墩台上，墩台后，转出大群的人，有农民，也有今夜刚从山上下来配合的工人，直扑上来。手榴弹炸得天响，闪着红光。闪光里，影影绰绰望见一座墩台上立着个人，正在挥着牛枪发号施令。这是胡金海。

火车一打趴下，胡金海跳到车上，缴了路警的枪。游击队把坐车的工人集合一起，胡金海扬了扬长眼眉，就像蝴蝶动着须，大声说道："乡亲们，你们受惊了！咱们扒铁道，是要断绝山上鬼子的去路，大家也不用害怕。今天还有桩天大的喜事告诉大家：夜来八月九号，苏联跟日本开仗了！单是八路军，日本还招呼不住，再加上苏联，眼瞅着就要了他的小命！这就是咱们全国大反攻的时候来啦！"

工人们听说一声，乐得双脚跳，也不管三七二十一，跟着游击队冲上车，又砸又摔，一霎眼工夫，车上的风机早破坏得五骨分尸，七零八落。胡金海拿了包炸药，塞进车头的汽筒里，接上芯子，点着火炸了。然后他把大拇指和食指塞进嘴里，打了几声口啸，游击队就地卷起一阵风，眨眨眼不见了。

那伙子配合游击队袭击火车的工人也散开，各自悄悄地转回山去。庆儿便是其中的一个。他们各带着老虎钳子，是专门来起道钉的。

庆儿太兴奋了，一时半刻也不能安生，走到半山坡，又从腰里摸出个雷管，按上芯子，点着扔到半空，炸得像枪响，引得炮楼里又放起罗锅炮。

但当他推开窑门走进家时，杜老五却把他迎头堵住，擎起手枪，沉着驴脸问道："你这一整宿到哪去啦？又不是夜班。"

庆儿一时说不出话。他娘道："我说明天是你爹的阴寿，你连夜下山买纸钱去了，他又不信。"

杜老五乜斜着眼，龇了龇大金牙，抓住庆儿就翻。先翻出那把钳子，又翻出几块黄炸药，张开左手扇了庆儿一巴掌，咬着牙骂道："小兔崽子，还想在我面前耍歪掉猴的！我早看透了你这个坏蛋，钉你不止一天了，还有什么说的！"

便用手枪狠命戳了庆儿的心窝一下，把他押

到沙子地自卫队去，下了地牢。

二十　勇敢，勇敢，再勇敢！

接连过了几夜堂，庆儿受了非刑吊打，浑身上下青一块，紫一块，没有一处好地方。这是第四夜了，过完堂，自卫队把他押回来，打开牢门，使劲一推，他便一头栽进去。

牢里黝黑，发出一股潮湿的霉味。犯人挤得满噔噔的，十有八九犯的是“思想不良”罪。一批一批抓进来，又一批一批押出去，也不知道把些工人断送到哪去了。庆儿趴在地上，一时动不得，只觉浑身生痛，可又说不清是哪块痛。灌火油，跪老虎凳，都熬得过，今晚上日本特务更歹毒，把他扒光膀子，拿着烧红的烙铁烙他的肋巴条，烙一下，问一句：“你说不说，山上还有谁是你的同伙？”

庆儿痛得惨叫，豆大的汗珠子满脸乱滚，厥过去几次，可是一个人不露，一口咬定说：“屈死我啦！屈死我啦！我连八路军的影也没见过，怎么赖我是八路军?”气得一个特务下死劲踹了他一脚，骂道：“拉他回去，明天崩了他算啦，省得费事!”

庆儿想起这几句话，心比伤口更痛。旁的可以丢手，唯独舍不得他娘。他一死，娘哭也哭死了。爹叫人家活活折磨死，这口冤气没出，哪甘心自己又白白死了。于是就想起王世武近来惯说的话：“鼓足劲干吧！别看日本人耀武扬威的，过不几天就该塌台了！毛主席早就告诉咱们要勇敢，勇敢，再勇敢！再加一把劲，胜利就是咱们的了!”

是的，他该更勇敢点。这些天，山上山下的同志，不正拿出勇敢，勇敢，再勇敢的精神，对敌人来了个大反攻?游击队逼近矿山，攻炮楼，喊话，夜夜不休。工人区里四处飞着油印的传单，写的是：“共产党八路军是人民的救星!”“只有跟着共产党走，才能得救!”“工人们起来，夺取敌人武装，打倒日本鬼子!”

庆儿不知道这些详情，听见到处枪响，也猜出是胡金海他们进攻得急了。远处又响了枪。牢门口两个哨兵嘀嘀咕咕议论道：“你听，你听，简直像捅了马蜂窝！”

第二个人道：“这伙人真惹不起，胆子又壮，夜来黑间，独自一个就敢闯进自卫队的营房里摘枪，炮楼听见了，拿机枪封住了路，那小子也灵，抱着十一条枪就地几滚就滚出去了——听说就是那个打死大毛驴的人干的。”

先前那人又说：“我看咱们这也不稳，开小差的也不少了。咱们哥俩也该早打主意，别等上了贼船，后悔就来不及了。”

庆儿忘记了痛，两手搬着地牢的铁栅栏，脸挤到栅栏缝里。他的脸烫热，浑身的伤火辣辣的，像是火烧。他的心可更像火，早长了翅膀，飞出地牢，跟着成千成万的同志在一起厮杀。……

二十一　移山倒海的人民

听说沙子地又枪毙人，保不准庆儿也死在里头。庆儿娘心都碎了，披散着头发，一路哭，一路往沙子地奔去。一连几天她吃不下饭，喝不进水，白天黑夜只是哭，憔悴得又瘦又黄，眼睛肿得像烂桃。等她爬上东山梁，望见了沙子地，一个斤斗栽到山坡上，累得爬不动。

沙子地竟像翻江倒海似的，乱成一团。这地方风景最好，八月间，漫山漫坡盛开着宝蓝色的蓝铃花，衬着一栋一栋精巧的小洋房，日本人住在当中，舒服得像些神仙。今天可不然了。日本人男女老幼，慌慌张张地挤在电网门口，叽叽咕咕地乱叫，也有女人擦眼抹泪地哭。那个日本医生平野戴着白口罩，白手套，满头是汗，恶狠狠地吆呼着一群工人替大家搬东西。

庆儿娘心里疑惑不定，冷不防大疙瘩上一个放哨的日本兵朝下喝道："你是干什么的？"说着啮地放了一枪。

庆儿娘这一吓，爬起来就跑，不想一阵昏晕，一头栽倒，顺着山坡滚下去，跌闭了气。

好半天才苏醒过来，只听见山顶上轰轰的，一个劲响。起根只当是崩红，越听越不像，倒像是炮。她的心七上八下的，又怕又慌，硬撑着身子又跑。

工人区的情形更变了。谁也不上班，成群大伙地站在屋子前，东谈西讲，又议论、又争辩，脸上的神情带着惊讶，又带着高兴。不知谁在墙上贴了许多标语，大群的人围着看，还有人指指点点地念。

贾二旦三把两把掀开工人，伸手去撕标语，嘴里骂着大街，脆萝卜嗓子横着肩膀扛了他一膀子，骂道："靠后点，我看你敢不敢撕！你吃鬼子屎，喝鬼子尿，到今天别再想唬洋气了！"

贾二旦张手要打，好多人齐声嚷道："揍这个王八蛋操的！"哄地扑上去。贾二旦见势头不妙，抱着头窜出人圈子，一边跑一边骂道："好小子，等着瞧吧，我不掐出你们的腚门黄就不姓贾！"

庆儿娘拉着个人，惊惊惶惶问道："糊涂死我了，难道日头从西出来啦，你们就敢这样闹？"

许多人嘻嘻哈哈笑起来，那人答道："山上闹到这个地步，你怎么还蒙着睡大觉，不知道日本人刚才都拿起腿跑啦！火药库也点了，你听听，炸得正凶呢！"

庆儿娘心里糊涂，张着手到处去找王世武，

顶头却碰见脆萝卜嗓子。脆萝卜嗓子眉开眼笑地问道："大婶，人家都乐，你怎么还是愁眉苦脸地掉眼泪？"

庆儿娘再也支撑不住，一屁股坐到地上，擤着鼻涕哭道："我有什么好乐的？庆儿死活不知，这会子连王世武也不照面了！"

脆萝卜嗓子蹲下身，悄悄说道："你找王世武做什么？他夜来黑间就下山了，是罗区长招呼他回去商量事情。这边时时刻刻有人去送消息，你有事告诉我吧！"

庆儿娘抹着泪道："我能有什么事？只盼他们早一刻来，好叫我少受一刻罪！"

工人们忽然都朝东跑去，拥在电网前，探着脖子，跷着脚尖，纷纷地议论着什么事。脆萝卜嗓子丢下庆儿娘，也跑过去。只见东山梁翻下三四十人，怀里全抱着枪，有的两支，有的三支，正朝这边赶来。当头的人正是王世武。后面跟的人穿着破破烂烂的红衣裳，光着头，赤着脚，身上好像带着伤，走路挺不方便。

隔老远工人便叫着问道："老王，你打哪

来的?”

王世武眯缝着细眼，笑着点头，又伸出大拇指头朝肩后轻轻一指说：“沙子地。”

他一上了坡，工人们便围上去，闹嚷嚷地发出问话，闹得王世武紧摆着手笑道：“慢一点，慢一点，大家都问，叫我答应谁是。你们先别嚷，鸦静一点，听我告诉你们一件大事。”

工人们静下来，王世武扩着嗓子说道：“你们不知道，日本鬼子已经无条件投降啦！从今往后，再也不必受日本鬼子的气了！这个日子，是八路军给咱老百姓打出来的，咱们的队伍就在四围，一会就上山啦。”

工人们一听说日本已经投降了，吼了一声，发了疯似的乱蹦乱跳，乱嚷嚷地噪成一片。气粗的见了东西便砸，发泄肚子里多年的怨气。一转眼，这个工人区，那个工人区，都听到信，满山嗡嗡的，净是胜利的欢笑。

原来日本在八月十四号那天便正式投降了。一得到消息，罗区长立时把先前派进矿山的人叫出去，知道山上还有六七十日本兵，再就是一百四五十名自卫队。王世武被派出给自卫队送信，叫他们投降，不想伪军早吓胆寒了，有的先自奔了八路军，有的撂下枪，换上便衣，先一步溜走了。日本小队长广岛慌了手脚，把各炮楼的人都撤回去，死守着大疙瘩不敢动。地牢里的犯人急得乱摇门，王世武赶来，砸开锁，领着大伙收拾了伪军的枪。

庆儿娘坐在地上，王世武刚才的话听倒是听见了，心里可木辣辣的，说不出是什么滋味。她乐么？自然乐。可又乐不起来。活到四十多岁，吃不饱，穿不暖，受苦受气，到头死了男人，丢了儿子，剩下她一个孤寡老婆，将来还有什么指望？还不如两腿一伸，咽下这口气去倒干净。

她越想越难过，眼泪哗哗地直流，这时却有人来搀她的胳膊说："娘啊，你坐在这哭什么？"

她抬起头一看，竟是庆儿。还怕是自己眼错，赶忙擦干净眼泪再看，不是他是谁？庆儿瘦得嘴巴都尖了，脸上一缕一缕的尽是伤，两只眼忽闪忽闪的，却像灯笼。庆儿娘这一阵伤心，忍不住哭出声道："我只当你抛下苦命的娘，到阴世找你爹去啦！没曾想你还能活着回到娘跟前，娘死也甘心了！”

庆儿的眼睫毛也湿了，忍着泪笑道：“娘，你该笑啊，怎么倒哭起来！”

庆儿娘的嘴角一牵一牵的，忽然笑了，一边笑，一边更哗哗地流泪。这个泪又酸又甜，叫人心痛，也叫人欢喜。从她懂事那一天起，她的脸就像变成石头，永远愁眉苦脸的，没点好颜色。今天却第一回笑了。笑着笑着，忽然又伤心地哭道：“咱们总算熬到头啦！只是你爹死得太惨，要是他能知道今天的事，死在地下也会笑的！”

游击队上山了。红石山尽顶上首先飞出一面红色的战旗，只听山后雷似的这个叫啊，大队便从后坡翻上来，占领了各山头的炮楼。一时从东到西，山脊梁上绺绺的，尽是人，数不清有多少。

王世武直着嗓子叫道：“伙计们，这里有的是枪，有胆子的跟我走，咱们迎上大队，到大疙瘩上去弄广岛他们的枪！”

许多人应声叫道：“我去！”“我去！”大家抢

着去拿枪。有些是原来的地下军，一大半是临时起来的工人。没抓到枪的也不甘心落后，拿起镐把子铁锨追上去。庆儿丢了娘，不顾创痛，也跟上去。

各山头的炮楼点起了火，冒着大烟。烟一落，火苗蹿出多高，烘烘的，烧红了半边天。山顶的人喊，半山坡的人叫，全山都震动了。一股人走下山头，两个人走在最前面：一个大约三十左右岁，面貌长的朴实厚道，只是含着笑点头；另一个却是长眉大眼，又洒脱、又英俊。

这自然是罗区长和胡金海。

罗区长要赶到工人区，召集全山的工人开会。胡金海扬起蝴蝶须似的长眼眉，招呼一声，带着游击队跟王世武他们汇合一起，赶去包围了大疙瘩，写信进去，叫广岛投降。

广岛早抓瞎了，但是接到他长官的命令，只许把枪缴给国民党，不许缴给共产党。广岛明白重庆国民党政府一贯和日本眉来眼去，有些意思，串通一起反共的事也干了不止一次，便打定主意不降，乐得在中国烧上把火，挑起反共的内战。

这天黑夜，他不顾死活，领着人攀登一座没有路的大山，撞出包围圈，连夜窜到龙关去。

胡金海把手一挥道："撵这个狗×的！不投降就揍他个稀里哗啦！"

他领着游击队和浑身是红的工人武装，带上新缴的枪，连夜撵下山去。全山的炮楼还在烧着，黑夜里，只见一个一个山头冒着红光，恍惚是火山喷出火来。夜静当中，隐隐约约地听见西北上正响着炮，隆隆的，仿佛是雷——八路军的大队已经逼近张家口了。

就这样，大块大块叫敌人蹂躏了八年的土地到底解放出来，百姓也抬起头，重新见到天日。这个胜利是共产党领导的人民军队经过八年抗战的结果，是全国人民拿着血肉生命换来的果实，更是全世界人民反法西斯的大胜利。说什么青山不改，绿水常流，人民就有移山倒海的大力量。红石山看起来还是原来的红石山，但已不是原来的红石山了。红石山已经彻头彻尾翻了个个儿，变成人民的矿山了。

二十二　胜利的果实

转眼过了一年，又是八月中旬，这天恰有趟火车从宣化开到红石山。火车到站，一个斯斯文文的后生走下车来，戴着顶蓝学生帽，穿着白衬衫和蓝学生装裤子，蓝褂子搭在右胳膊上，站上的工人看见他，赶着招呼道：“胡队长，你这一阵在哪工作，怎么老不见？”

胡金海怪腼腆地笑道：“我现在学习呢。”点点头走上山来。

自从抗日胜利后，他率领的红石山游击队便分散了，各自回到本地去参加生产。胡金海觉得从小受罪，不认识字，很吃亏，便转到宣化一家中学念书，提高自己的文化。离开矿山，将近一年了，乍一回来，看起来事事亲切，可又事事陌生。工人区不似先前那么破烂了，好些家门口种着青菜，养着八月菊、粟鸡花。娘们小孩，从头到脚，都有穿有戴的，气色也好。山坡上放着白羊，一群一群的小鸡刚出窝，跟着老母鸡满地跑。

老母鸡找到吃的，拿嘴吁着，咕咕地叫，小鸡便唧唧吱吱地抢着吃。老母猪带着成群大伙的小猪，噘着嘴乱拱，一会又到墙边蹭起痒来。小猪看见生人，直竖竖地望着，忽然把耳朵一摆，摇着小尾巴撒欢跑了。谁家的小毛驴牵出去放青，吃饱了，自个往回走，几条小狗好顽皮，往驴身上一个劲扑，汪汪地乱咬。

胡金海看了笑道："你们这倒好，比乡村都热闹。"

一个女人坐在门坎上纳鞋底，怀里奶着孩子，回手在头发上磨磨锥子，笑着答道："可不是，要在早先，你想听个鸡呀狗呀叫的，也听不见。谁敢养只鸡？要叫鬼子汉奸看见，就说犯法，拿去吃了不要紧，还得受罚呢！"

胡金海顺便问道："董家大婶是不是还住在原先的小土窑里？"

女人道："你是说庆儿他娘吧？早搬了，谁还住那种坏地方。她就搬到从这数第二栋房子里……"便张着嗓子叫道："庆儿娘，有人找你呢！"

庆儿娘从门里探出身子，张着两手，满手粘着面，愣了一愣才认出胡金海来，赶忙迎出来笑道："你这是打哪来呀？快到家里坐吧。差不多有一年不见了，我哪天不跟庆儿重念你。庆儿又听人说你当了什么战斗英雄，嘴坏的就说：'人家一做官，哪瞧得起旧日这些穷伙计！'我就知道你不是那种人，再说八路军也不兴这样。"

胡金海悬着腿坐到炕上，笑着表白几句，一面打量着屋子。屋子不大宽敞，收拾得却干净。炕上铺着席子，靠窗放着几床半新不旧的铺盖，都是解放后开支新置的。炕里头摆着几个洋铁桶，专盛米面。庆儿娘的头上络着块蓝布，穿着一身青细布裤褂。一年光景，她竟变成另外一个人：先前整天皱皱着眉头，唉声叹气的，说话像哭，在人前也不大敢说话，于今可又说又笑，神气开朗多了。

门口挤着一大堆小孩，有的咂着指头，有的挖着鼻孔眼，直竖竖地瞪着眼瞧。也有几个隔壁邻居的妇道人家在门外探着头望。庆儿娘忙着做水，又道："你来得正巧，不瞒你说，今天是庆儿的生日，我正赶面条。长到十九岁，从小没好命，饭都吃不饱，哪捞得着过生日？就算他刚下生，今天给他过个周岁吧！”

胡金海问道：“我兄弟还在组里做活么？怎么不见他？”

庆儿娘道：“他一个瞎字不识，不卖苦力做什么？”便对一个小孩说：“你到上边工会看看，就说他金海大哥来了，开完会快下来，别尽着贪玩。”

门口一个女人笑着插嘴道：“像庆儿那孩子，你再嫌不好，你还想要个什么样的孩子？又孝顺，又务正，工会里做着份事，再说不好，可是恨铁不成钢了。”

庆儿娘笑道：“千说万说，不识字，总没出息。我老了，要不老，晚半天定准也到上坎的学校里去念书。说起组里的事，也不大像从前了。组长是大伙举的，都是百里挑一的好人，下洞子的时候虽说也弄一身红，回家就有水洗，再换上套干净的衣裳，一年到头没病没灾的，看起来也像个人了。哪像杜老五在的时候，一个个糟得人不像人，鬼不像鬼，哪年不死上千八百个，想起来还叫人掉泪!”说着眼圈红了。

提起杜老五，门外的几个女人都动了气，索性挤进屋子，你一言我一语地讲起来。这个说：“那个死杂种，怎么也不抓住他，叫他跑了!”第二个便说：“当时乱糟糟的，坏人跑的也不止他一个。听说都跑到天津北京去啦，照样唬人。几时解放军过去，好好地治他们一治。”第三个便道：“像他这种害人精，抓到了一定不会饶他。不过对烂剥皮跟贾二旦，应该再严点。依我说，宰了也不冤！咱们解放区待人真宽，交给区里以后，贾二旦赔出些钱，当众一坦白，就宽大啦。烂剥皮判了个罪，不过也没要他的命。我也明知道不错，只是心里不痛快。”

屋里一时只听见娘们的嗓子噪噪嚷嚷的。胡金海文文静静坐在旁边，像个大姑娘，羞答答地笑着。一个女人忽然转过脸问道：“可是呀，那些日本人跑了后到底怎么的啦？也该给他们点罪受受。”

胡金海低着眼笑道：“一些日本老百姓，也不担多大罪，咱们还打发俘虏回国呢。就是广岛这类家伙坏，一跑到国民党地面去，国民党的反动分子像得了宝贝一样，倒把他们和汉奸队都封了官，又勾结他们来打咱们解放区。”

庆儿娘正在炕上放了张小桌，泡上壶山茶，听了惊道：“怎么，又打仗了么？好好的日子不过，这都是为的什么！”

胡金海道：“就为的是你的日子太好过了，反动分子才来打你。你要翻身，他们偏要骑着你的脖子拉屎！”

正说着，董庆儿喘嘘嘘地跑回来了。他完全长成个筋肉结实的小伙子，推着滚圆的头，脸腮放着红光，帘子似的黑眼睫毛，忽闪忽闪地眨着。一进门就拉着金海的手不放，劈头笑着说道：“我知道，你是不是又要上山来组织游击队啦？我第一个先报名。刚才工会开会，告诉说蒋介石仗着美国撑腰，已经动手来打咱解放区了。这种混账东西，有什么理好讲，只有揍他！沙锅子捣蒜，一锤子的买卖，揍烂他算啦！”

庆儿娘生气道：“人家听见打仗，都不高兴，你倒乐得笑。这也不是搭台子唱戏，有什么热闹好赶!”

胡金海道：“大婶，你心里也不用不踏实，咱们的天下算定啦。姓蒋的要能讨到便宜，除非是驴长角!”

庆儿又拉着金海的手笑问道：“王世武他们哪去啦?”

胡金海说：“王世武和吴黑都又出来闹民兵自卫队了。罗区长于今在宣化武装部，倒是叫我就便看看山上的情形。”

庆儿挽起袖子，对他娘道：“娘，我帮你擀面，留金海大哥在这吃饭。”

胡金海摆着手道：“不行，我还得到大坝口去一趟。”

庆儿道：“雨来啦，你走什么?”

胡金海望望天，果然从南面上来一大片黑云，罩住山头，一时阴沉沉的，天地都变了颜色。但是云彩没根，他便放心道：“不碍事，一阵雨就过去了。”

没下雨，先起了风，窗门碰得乱响。一转眼

暴雨来了，只听大风呜呜地叫，吹得雨丝横飞，像是股烟，一路飘下山去。可是北方七八月间，注定是熟庄稼的好天气，不管这阵雨多猛，不久终归要晴的。天一晴，太阳露出头来，晒着满山满野的庄稼，农民就该磨快镰刀，动手收割他们亲手播种的好庄稼了。

一九四六年九月十五号夜写在龙关红石山上。

★

望南山

前　记

一九四六年七月，国民党反动派撕毁了政协决议和停战协定，对解放区发动了疯狂的进攻，并在十月间向张家口进犯。当时在毛主席正确的战略方针领导下，我军暂时“避开优势敌人的致命打击，并转移军力求得在运动中歼灭敌人”，主动地撤出张家口，转到另外战线上歼灭敌人。察南蔚县川一时陷到敌人的魔手里，土匪跟地主就和敌人勾结在一起，对一度获得解放的人民进行了残酷的蹂躏。但人民决不屈服。人民就在中国共产党的领导下，组织起游击队，经过千辛万苦，流血牺牲，始终不屈不挠，坚持着斗争，直到一九四八年春天，毛主席的战略方针终于胜利，解放军重新打回察南，和当地人民武装会合，消灭了反动势力，蔚县川的人民也重新得到解放。

这就是这篇小说的历史背景。

一

瓜儿不离秧，孩儿不离娘，察哈尔蔚县川的人民依靠着大南山，就像偎在娘怀里。这片大山坐落在察哈尔河北交界，冬天顶着满头白雪，夏天蒙着云雾，灰钢钢的，水气挺重，春秋两季天气豁朗，山色黑苍苍的，显得又俊，又庄重。山上长着松树、杉树、白杨、桦木，密密层层，也没主，谁有力气，砍一天柴火挑到蔚县城，就能换到吃的。百姓常说：“这是穷人的活路！”又都是活山，数吧：九宫口、飞狐口、新开岭、石门峪、四十里峪、净口子，往南直通涞源和完唐二县，来来往往，脚运不断。

新开岭下有个村庄叫大王疃，离蔚县城二十五里，全村一百九十户。先前掌权的是地主蔡八翠。这人长的像个肉墩子，两只小绿豆眼总盯着人，打旁人的算盘，人家一望他，就赶紧眨巴眨巴眼。都说他胎子硬，跟大同地面一个外号叫齐天大圣的土匪是拜把子兄弟，仗着这点恶势力，欺压本乡的人。

他家里的长工邹多喜，就是他最吃顺嘴的一块肉。多喜原来是涞源人，七八年前，他奶奶拉着他跟兄弟河渠，一担子东西逃荒逃到大王疃。弟兄两个一点都不一样。河渠是个小个子，挺精干，两个黄眼珠一闪一闪的，像电光，嘴老闭得绷紧，不大言语。多喜可长了个大痴个子，说话大舌头，做活像牛一样出死力。八翠见多喜听使唤，又是外路人，好欺负，出了挺少一点钱雇他当了长工，安插他住在旁院一个小场屋里。老奶奶也跟着挤进去住下。八翠乐得管她口剩饭吃，支使她拆拆洗洗，缝缝补补。河渠性子别扭，不肯听话，地主便发话道："我这也不是圣人庙，供养闲（贤）人，要住就得掏房钱。"

河渠一赌气走出去，被本村一个开豆腐房的许老用收留着住下，日久天长，也没过什么礼，村里人都公认他是许老用的干儿子了。从此，河渠就是那属野鸡的，吃碰头食。背柴揽工，有时跟当村一个叫赵璧的木匠做零活，一来二去，倒学了一手好泥水手艺。

说起许老用，真招人笑。平五十的人了，看起来可只四十郎当岁。尖鼻子，尖嘴巴，也不长胡子，嗓音挺脆，满嘴净是巧话。年轻时爱唱小旦，一辈子没攒下钱。到如今还是个老光棍子，靠着卖豆腐糊弄着过。十年穿了一件破棉袄，又油又烂，常爱自己取笑道："你们别不认识货，这就叫滚龙（窿）袍。你看我——"就唱道："前面也是窿（龙），后面也是窿，浑身上下净是窿！"

逢上天冷夜长，吃罢晚饭，大伙惯爱凑到他豆腐房里，说说家长里短。赵璧跟一个叫大毛栏儿的楞头青走动得最勤。蔡八翠的底细，许老用摸得一清二楚，常对他们抖搂他的老底说：

“他这个人哪，三字经横念，人姓狗！说起话来天官赐福，做起事来男盗女娼。早先那几年，哪里赶集没有他，围着粮食市可转啦。见了粮食就抓一把，又看成色，又问价钱，你当他真买么？瞅冷子揣进兜里。一个集赶完，他的口袋也装满啦。一到冬天，闲着没事，还到外堡子去要饭，爷爷奶奶叫得挺欢，要的毛糕筱面，统统埋在个窟窿里，攒多了，赶着牲口去驮回来喂猪。……”

赵璧是个慷慨人，不信世间上会有这种刻薄鬼，摆着手笑道：“我不信。我看你是吃柳条，拉筐子，肚子里编。”

许老用急得尖起脆嗓门说：“你看，当泥鳅的不怕迷眼，再丑的事他也干得出来。你没见他老婆，蒺藜子拌草，更不是好料。带个大马尾髻，打扮得鬼画符，不是脖子上捏几道红道，就是脑门子上拔几个火罐子，整天躺在炕上，拿手捂着脑瓜子，哼哼呀呀的，叫河渠奶奶给她揉肚子，捶腰。不过也怪，多喜就是在院里做差事，她也看得见，爬起来就咬牙切齿地骂“可恨！”这一对宝贝，真是太监骑骟马，少了鸡巴没有蛋，缺德货凑到一块了！”

其实并不止这点，蔡八翠还有更歹毒的手段。他最会放高利贷，黑驴打滚，臭虫利，连本带利翻上几番，穷人还不了帐，死逼着就得把地给他。大毛栏儿家里原有六亩地，有一年春天没落一滴雨，到处是一片白地，他爹跟蔡八翠借了二十块白洋，熬着过日子。转年老驴下了个小驴驹，可有活命的路子，全家正欢喜，蔡八翠找上门来对爹说：“你这两头驴还不够我的利钱呢！地你也别种了，两头驴也给我，看着咱们是老相好的，欠下的零头欠着吧！”爹一口气没喘上来，气了个死，一会醒过来，半天不说话。闺女太小，不懂话，光哭着吵饿，爹正没处出气，拾起根棍子，一下就把闺女打死了。八翠倒满街说：“这样的大人，穷极生疯，真是狠心！”

就靠这种种毒辣办法，蔡八翠横行霸道，全村的地差不多叫他捞去一半，害得许多人都变得像牲口似的，替他做活，缰绳握在他手里，由着他打骂。可是沙砾也有翻身日，蔡八翠横行的日子到底也有个头。一九四五年秋天，八路军来了，撵走日本鬼子，再后来又做土地改革。领着农民翻身的是区委书记周连元。他一来，大家争着诉说八翠的坏处，要求跟八翠评评旧理。也不知怎么透了风，蔡八翠不等人斗，先一天收拾收拾值钱东西，半夜溜了，都说是投奔齐天大圣去了。

他老婆披头散发，装疯卖傻的，挡在大门口，对着来评理的人又磕响头，又哀告，哭着哭着就昏过去，躺在地上吐白沫。河渠这后生平时像个没嘴的葫芦，胆量可有天大，大伙举他做新农会主任，领着头翻身。八翠老婆看看装死吓不倒人，又装熊，躺在炕上睁着眼说胡话。

河渠捅破她道：“你闹也是白闹，反正挨不过去。咱们也无非要讨还欠债，照样会给你留吃留穿。就是八翠不跑，也不要紧。”

她可假装发烧，烧得满炕乱跌，嚷着说穿大红袄的吊死鬼来缠她。这也无用，她家拖欠农民的孽债还是清算了，拿出房子地顶了账。

一个叫吴宝山的地主假装开明，先献了地。这人长得白净大眼，嘴巴下一把疏疏落落的山羊胡子。早年在北京一家当铺做管账先生，识点字，平时最会献功买好，见风使舵。村里人多半是老粗，拿不动笔，他便披着人皮混到农民队伍里，依旧在村里做做文墨事，骨子里却是跟蔡八翠一条线。

大家喜欢赵璧做人豪爽，推他顶了八翠当村长。这一来，村里人第一次冲破了地主的黑牢，见了光明。早先被霸占去土地的人重新拿回原地，早先没地的人也分到地了。多年压在大家心口上的石头猛一下子掀掉，多年磨折着大家的痛苦一下子消除了。他们在地里流着汗做活，心里一想到这是自己的地，这是替自己干活，秋天打下的粮食也是自己的粮食，全家可以吃得饱，还可以换回棉花和布来，冬天添补件新棉袄，他们的心里就开了花，脸上也透出喜色来了。多喜跟老奶奶喜气洋洋地搬到八翠家的正屋去，河渠也回来宿了。八翠老婆挪到厢房去住。

许老用更乐，龙袍脱了，分到三亩地和一件光板老羊皮袄，做梦也没想到，喜得他拉着区委书记周连元说：“这是从哪打着灯笼找来的呀！庄稼人没地，好比草拔了根，活不长远。我白吃了五十年饭，风吹雨淋的，今天才算扎了根了。”

二

这时候是一九四六年十月十日，一连几天，队伍从张家口那边过来，顺着山口退到山南去。河渠和村里人天天立在村头上，也没心思做活，手搭着凉篷，远远瞭望着大路上撤退的队伍。赶十三那天，掩护的部队最后一走，就再不见人了。

河渠好像忽然丢了心，肚子里不知是苦是酸，说不出是什么滋味。他踮起脚尖，伸长脖子往北瞭，只盼望还会有人上来。但是平川上空落落的，人牙也不见，只有风卷着黄草，满地打滚。他再回头望望南山，山口封锁着飞尘，透不过信来，那片莽莽苍苍的大南山竟把他跟自己最亲的队伍隔开了。

当天黑夜，哪个人也没正经地合一合眼。拿到斗争果实的农民都把要紧东西拾掇好，心吊在半空，只等村里一筛锣，便朝南山跑。许老用的豆腐房里也不像往常时那样热闹了。盆里泡着豆子，他哪有心情磨豆腐，坐在胡麻油灯旁边，吧嗒吧嗒光抽烟，抽完一袋又一袋，闷着头不响。赵璧、邹多喜、大毛栏儿，东倒西歪躺在炕上，也像吃了哑巴药。外面刮着大风，呼呼地，卷着沙土，摇得窗门乱响。谁要不经意朝门一望，旁人立时都抬起眼，心也缩做一团。

大毛栏儿绰号气虫子，动不动冒火，一不顺心便说七道八的，人倒是个直性人，这时又发牢骚说："八路军这一走，咱们又摔下虎背来了！往常他们对咱们多好，怎么说声走，就丢下咱们不管啦!"

许老用悄悄说道："你大声小气嚷什么，怕外头听不见？当初分果实，你比骡驹子蹦得都欢。这回可倒好，打仗没上阵，先尿啦。"

大毛栏儿急得分辩道："你别门缝里看人，看扁人了！我又不是草鸡蛋，怕谁咬我的×！我是说八路军不该说走就走，走得一干二净，连根人毛也不留。"

门外有人接嘴说："我就没走啊!"说着推开

门进来。

大家一看是周连元。他有三十几岁，个子不高，红漆脸，长得十分壮实。从他身上，谁都能感到一股力量。你看他走路那个稳劲，举动那么干脆，说起话来，每个字都有一定的分量，处处表露出他的坚强的意志。他对人又特别和气，解决个问题，三次两次跟人谈，也不嫌烦。还时常跑到地里帮人锄豆子，拔草，说说笑笑，一点没架子。就连三岁五岁的小孩见了他，也要缠着他不放，热呼呼地管他叫老周。

当下大家一齐乐得说道："老周你从哪来的呀！吃了饭没有，要不要烧点水喝？"

周连元把手里的驳壳枪往皮腰带里一插，摆着手说："别麻烦，别麻烦！"一面踏着锅台跳到热炕头上，盘起腿坐下问道："河渠呢？"

许老用又恢复了平日说笑的本事，拔起脆生生的嗓子道："放哨去啦。他说不怕一万，就怕万一，放个哨，顽固军要真来了，一筛锣，大家也好跑。大毛栏儿，你也别光放屁，天这么冷，还不去换他回来。"

大毛栏儿走后，周连元问起堡子里的情形，赵璧挪动挪动大身量说：“看起来有点不大稳，人心惶惶的，就连我们当干部的，心里也没底。你这一来，才吃了定心丸。究竟是怎么回事？”

周连元心里自然有底。他知道敌人已经收了齐天大圣那帮土匪，改编做保安队，天黑到了蔚县城。但他是冀中来的干部，经过日本人“五·一”最残酷的大“扫荡”，也炼出来了，向来有把握，就蹲起来滔滔说道：“怕啥？咱们大江大海，粗风暴雨，什么没经过，眼前再艰苦，也不会超过抗日那个时候。你别看国民党进攻得凶，占了张家口，其实是兔子的尾巴，长不了。丢个城，丢块地方，咱们不在乎，要紧的是歼灭他的力量，城也就夺回来了。军队撤走了，是要转出去打敌人。咱们都不走，又有区小队、县大队，有把握坚持这块地方！”

河渠差不多是跑回来的，脸冻得通红，浑身一股冷气，一进门就说：“老周，你想坏我了！你看咱该咋办？”说着蹲到灶口前，张着两手烤煤火。

周连元笑着："咱们正商量这事呢。"便把刚才的话重新念道一遍，又说："村里的地呢？分了。地主跟土匪顽军准要倒算……"

河渠一扬眉说："我不怕倒算，只要你有章程，我就敢干！"

周连元道："你真是团火！我的章程也是大伙的章程。分到的地，谁也不愿再叫人夺去。眼前只有一条路，就是组织护地队，保卫翻身的果实！"

邹多喜蹩拉着大舌头说："恐怕不大行吧？光几支破枪，哪敌得过人家！"

河渠站起身，一摔手道："你不干我干！哪天组织呢？"

周连元也在炕上立起来说："这也不是描花样，说干就干！区里又打起游击来啦，我得先到旁的村去联络联络，明天再碰头。"一边拔出枪，跳下炕来。

鸡叫了头遍，大风呼呼的，刮过一阵又一阵，永没个停。远处隐隐约约有一声枪响，周连元抓住门，扭回头说："明天可得小心情况！"

三

明天直到后半晌，才发现了敌情。堡子里的年轻男女先一步挟着包袱，带上黄糕，毛糕，莜面饼子一类吃食，跑到南山脚下。这一块是个慢坡，上上下下，净是沟啊坎的，顶容易藏。有些沟曲拉拐弯的，打日本那时候，村里人顺着沟挖了许多小窑躲敌情，生人找都找不着。

河渠抱着支大套筒枪，还是早两年村里民兵使的，爬在块土坎后，一瞭见敌人忙用胳膊弯子肘了赵璧几下。敌人离的少说也有三里地，像些小黑点，总有三十来个，接近大王疃村时，散开了，畏畏缩缩好一阵工夫，才进了堡子。河渠的眼冒出火来，觉得敌人好像走进他的心口，踩得他的心火辣辣地痛。他们在堡子里干些什么断子绝孙的事呢？不知道。足足闷了有两顿饭时候，才见又一个小黑点闪出村，掩掩藏藏朝山根奔来，有人吓得说："顽固军来啦！"慌得要跑。河渠抓紧枪，纹丝不动。一个半个敌人敢来，干脆就送他回老家！他瞪着黄眼珠，见那小黑点一会显在地面上，一会又没到洼地去，越来越近，看清楚不是敌人，倒是个本村人：穿着青棉袍，嘴巴下一把山羊胡子。

赵璧招着手叫道："吴宝山，吴宝山，堡子里到底咋样啦？"

吴宝山提起大襟，几步奔到赵璧跟前，气也喘不匀，呼哧呼哧说道："托村长的福，总算没遭害。我怕你焦急，不来送信不好，来吧，提心吊胆的，真叫人害怕。后来一想，村长为大家，出多大死力，我一条老命能值几个钱，就跑来了。"

赵璧皱了皱眉。吴宝山又连忙改口说："村里平平安安的，兴许不要紧。来的那帮人是城里保安队的，一进街这个嚷啊：八路来了，你们烧茶烧水，就不能给咱口凉水喝？我看看势头不对，挺着脖子出来支应吧，要啥给啥，说一不二，好歹压服下去啦。他们问我是不是干部，我说：干部都跟八路走了。他们说：怕啥！都是中国人，回来露露名就行了。"

河渠冷丁问道："蔡八翠回来没有？"问得吴

宝山打了个冷闪，赶紧答道："这个摸不清，反正我没碰见他。"

有的娘们挂着家，也赶到近前问道："你看回家要不要紧?"

吴宝山说："谁敢保险！不过村里倒没怎么糟蹋。"

娘们松了气，惦起家来。圈里的猪一天没喂了，鸡窝黑夜不盖严，别叫黄鼠狼给叼去。破家值万贯，哪摆得开？喊喊喳喳一商量，胆壮的就想回去。河渠怕受敌人骗，拚命拦挡也拦挡不住，零零星星走了几个。回去后果真挺安稳，也没出什么事。

赶三天头上，邹多喜拿起镰刀、绳子搭到肩上，望着河渠说："老二，我也家去啦。撇下奶奶自个，我也不放心。"

赵璧急得插嘴道："咱们可都分了地，地主又不是老绵羊，你不怕他倒咬一嘴!"

河渠也闪着眼说："你怎么这样糊涂，回去不是明着找死！你就别想我肯放你走!"

多喜挠挠脖子道："你说的！他们也不是老

虎，还会吃人！”他一心只惦着老奶奶，便贵贱不听人劝，悄悄溜到一边去，瞒着河渠割了把柴，装做没事的样子背起来往回走。堡子围着道土墙，门口站着个保安队，穿得一身青，瞪了他一眼，也没多问。他心里挺胆虚，走到蔡八翠大门口，前脚刚迈进门坎，却见八翠老婆从厕所走出来，手捂着脑门子，哼哼哟哟地叫：“哎呀！哎呀！……”一眼望见多喜，脸刷地变了，手指着多喜，咬着牙骂道：“你这块阎王爷也不上账“的穷骨头，往哪瞎撞？别把丧气带到我家来！八路一滚，你当还是你们穷鬼的天下呢！”

骂得多喜哪敢吭声，慌忙退出去，走进旁边那个场院去。老奶奶听出他的脚步声，在小场屋里问道：“是多喜么？”一面焦急地走出来。

奶奶有七十了，高身量，腰板挺直，白头发脱得剩不几根，还在脑后挽了个小鬏——一看就是个刚硬要强的人。她把多喜一把拉进屋去，关上门，指了指隔壁说道：“那主又回来了！你来家做啥？你不知道奶奶心里多急！”

多喜吓了一跳，问道：“八翠回来了么？”

奶奶说："不是那坏蛆是谁！前天领着保安队一块来的。眼时村里光许进，不许出，也不知安的啥心肠。那天一来，八翠老婆就把我撵出正屋来啦，打呀骂的，把咱们的东西扬得满院都是，摔碎好几个碗。我要搬粮食，八翠推了我一跤，也不叫搬。这两天，我就光咽土豆子了。别再耽误时候啦，你快走吧！"

说得多喜很慌，懊悔自己不该不听河渠的话，拔脚想走。正在这时，门砰地踢开，蔡八翠像个肉墩子，冷不防出现在门口。这家伙霎着两个小绿豆眼骂道："你们这些侉属们，真恶透了！村里搅了个天昏地暗，都是你们侉子领头闹的！背后还说小话！怎么？这笔帐不该算算么？"一面迈进屋，点着多喜的鼻子骂得更凶："人心都是肉长的，你也得把心搁在当中，别搁在肋巴骨里。我哪点亏待了你？当初你们逃难过来，不是我养活着，早做了外乡鬼！你倒恩将仇报，斗争起我来！地分也就分了，我也不要了，可有一宗，你们得给我租子。"

老奶奶气得颤着头说："秋天打的粮食，几大瓮，都叫你霸去了，你还要啥租子？”

八翠嚷道：“嘿嘿，是你霸去我的，还是我霸去你的！你们分了我六亩平川好地，赖年头，也能打两石，按三七分，二七一十四，你们得交我一石四斗租子，少一粒不行！”

老奶奶道：“你这不是逼人么？叫我到哪给你弄去？”

八翠上去打了老奶奶一个嘴巴子，骂道：“老白菜帮子，再敢撒泼！你不说理，我找人跟你说理！”一跺脚走了。

奶奶见八翠一走，赶紧推着多喜说：“你快跑吧，省得吃亏。我这条老命，豁出去算啦！”可是又哪跑得及？没到街上，八翠早把多喜堵住，指着他对两个保安队嚷道：“先拿住他！这些侉子最恶。”保安队便动手捆人。

老奶奶拉着多喜的胳膊叫道：“你们都钻泥了，坏了心了！要拿就拿我吧，我这条老命也不要啦！”

八翠双手把她一推，一推推了个脚朝天，冷笑道：“拿你做啥！你要孙子就使米来赎，不赎就准备棺材吧！”一面挥着手，叫保安队把多喜横拖竖拉绑走了。

四

奶奶跌到个粪堆上，头嗡嗡的，小鬏也跌散了，两眼发直，可没一滴泪。她一辈子遭的罪，比她吃的饭都多，心磨得疙疙瘩瘩的，有点木了。早年也许把泪流干，从来不哭。哭有啥用，你还指望谁可怜你？老奶奶就是这样刚强。她喜欢河渠的性子，看不惯多喜那么呆头呆脑的，没有定心骨，好像短个心眼，吃亏到底就吃在这上头。总得想法救他呀。可又从哪弄一石四斗米呢？

老奶奶爬起身，头一阵发昏，赶紧抓住身旁一棵杏树，闭了会眼，才挺住了。到许老用家去吧，试试能不能挪借到米。她挺着腰板，慢慢走到街上，才知道村里闹翻了天了。

蔡八翠起初跟吴宝山串通一气，先缩着头不做声，想骗村里人回来，看看效果不大，现时又跟邹家撕破脸，索性现了原形，拿着把牛耳尖刀，明晃晃的，满街嚷道：“穷小子们，有本领的出来斗吧！地凭文书官凭印，我是地主，今天就要收地租！”便指使那些保安队闯进新农会会员家里，牵牲口，拉粮食，搬东西，银钱手饰都下了腰包，弄个鸡犬不留。赵璧的家抄得更乱，他媳妇坐在风地里哭，绾头的簪子叫人拔去，头发披散着，棉袄也扯掉了几个扣门。

老奶奶颤颤巍巍地走着，却像没听见，也没看见。她浑身上下，从头发梢到脚掌，泡在苦水里泡了七十年，什么苦难还能吓倒她？走到许老用豆腐房前，怪呀，单独没事，门也悄悄地掩着，门缝里直冒热气。她推开门进去。屋里热气腾腾的，许老用坐在灶火前拉着风箱，锅里正熬着一锅豆腐。

许老用苍老多了，脸上平空添了些皱纹，眼神挺黏。说笑也提不起劲，见了奶奶，强打精神招呼说：“大婶，你怎么有闲心出来串门？上炕头坐吧，挺热火。是不是不舒服，脸色不大好看。”

奶奶爬上炕说：“我只恨自己老不死，要能得病死了，两腿一伸，倒真享福！”

许老用停住手不拉风箱，望着奶奶问道："家里出事了吧?"

许奶奶说："人都逮走啦!"便把刚才的事一五一十告诉了一遍，临末了说："你看叫我从哪弄米赎他？只指望大叔你了。"

许老用且不答话，拿起个黑瓷罐子，往锅里点了卤，随后盛了碗豆腐脑，送到奶奶跟前说："趁热吃吧。吃一碗半碗豆腐，我还敢做主。别看我天天紧忙乎，又磨豆腐又点浆，其实是奶妈抱孩子，人家的。保安队一来，八翠就下了圣旨，天天逼我做一锅豆腐，也不给钱。缸里剩的几斗黑豆，眼看露出缸底，正愁没法掏换呢。我没长皇帝的命，倒长了皇帝的身子，你瞧，这不是'龙袍'又加身了。"便苦笑着张开胳膊，让奶奶看他那件穿了十年的烂棉袄，接着又道："羊皮袄给我剥去啦，新棉鞋给我换去啦，于今的日子是老羊赶山，赶到哪算哪吧!"

奶奶手托着腮，直僵僵地盯着炕席道："难道说我那孩子就白白糟蹋了么?"

许老用说："大婶，你也不用难受，赶明天咱去保他。多喜给蔡家不知出了多少死力，莫非说还能崩了他？”

第二天前半晌，许老用扶着奶奶，包了斤豆腐，到村公所去探望多喜。夜来下了大霜，树枝上挂得满满的，天也冷得出奇。庄户人早起挑水，满街拉搭的水滴，滑刺溜的，都冻了冰。他们才进了院，就听见上房里发出清脆的巴掌声，接着是蔡八翠气汹汹地问道：“你说，你说，还有谁是民兵？”一连问了几遍，不听见答言，蔡八翠便喝道：“不说吊起他来！”过了一阵，忽然听见有人破着嗓子叫道：“哎呀，我的娘啊！”

老奶奶停在当院，脸色都变了，颤着音叫：“多喜！多喜！”一面扑进屋去。

梁上吊的是另外一个农民，痛得咬着舌头，咬得血顺着嘴角往外直淌，两条腿使力往上拳，拳着拳着忍不住了，腿一伸，又发出一声不像人的惨叫。

蔡八翠见奶奶撞进来，瞪着小绿豆眼喝道：“你吃啥迷了心窍，跑到这来赶热闹！”

奶奶气短得提不起音，像要断气似的说：“我想来看我那孙子……”

许老用从后边接腔说道：“对啦，我是陪她来望望多喜，小小不然的罪，你就开开恩，饶了他吧。”

蔡八翠伸出手道：“租子拿来没有？”

许老用说：“正在凑呢。”

蔡八翠连推带掀地叫道：“不交租子就要人，世间上没那么便宜事！滚出去，滚出去！别在这碍手碍脚的！”

老奶奶被掀得一个踉跄又一个踉跄的，嘴里说道：“我给孙子送点吃的还不行么？”

蔡八翠说：“要送就到后院去！”说着砰地把门关上。

一到后院，奶奶的腿一软，扑咚地瘫到地上。难道说她到了十八层地狱不成？只见露天一个大坑，坑底泼了一寸多深的水，冻得噔噔的。多喜的棉袄叫人剥去，鞋袜也剥光，赤着脚躺在冰上，脸是泥皮色，胡子上挂的冰有三四寸长，早不像人样了。还有个农民剥得赤条条的，下半截埋在土里，又泼上水，脖子上带着枷，早冻得像石头一样硬了。

许老用要拉奶奶起来，她哪有气力，挣着命爬到坑沿上，嘶着嗓子唤道："多喜，多喜——你叫人害得好苦啊！"

多喜的眼皮动了动，半睁开眼，直盯着奶奶，想说什么，可是嘴早冻僵，光颤了颤嘴唇，话都不会说了。

许老用恨得悄悄骂道："八翠这个驴操的，太没人味啦，死了狗都不啃——先喂他点吃的吧，好提提精神。"便跳下坑去，用手捏了块豆腐，塞进多喜嘴里。多喜嚼了两下，含着豆腐就不会再嚼。连看差的保安队都觉得不忍心，说道："你们赶紧赎他回去吧，搁在热炕上暖和暖和，兴许还有救。"

奶奶回去后，求亲告友，盛粮食的缸底都扫光了，七拼八凑才对付了两斗多米，由许老用扛着，又回到村公所。当时已经擦黑，蔡八翠正要回家，奶奶拦住他说："我一时实在不凑手，就这点粮食，你先将就着收下，放了他吧，往后叫他当牛当马，挣着还你。"

蔡八翠眨了眨眼道：“你来赎多喜么？这点就这点吧，你去弄他走吧，我也不计较啦。”

八翠忽然变得这样容易说话，奶奶觉得奇怪，可是也顾不上追究，挺着腰板朝后院走去，只愁怎样抬走多喜。但是多喜已经不在冰牢里。哪去了呢？她四处一瞅，猛地发现他躺在个墙角落里，头叫人铡掉了，像段木头轱轮。那样一个大个子，一死，缩得像个孩子。奶奶的眼前一阵乌黑，天地都在打旋，身子一仰，立时昏迷过去。……

赶她缓醒过来，已经躺在自家炕上。天大黑了，屋里点着盏胡麻油灯，昏沉沉的，灯后设着个木头牌位，供着碗白水。许老用和赵璧媳妇不知从哪弄到几张白纸，正在灯影里糊阴魂幡。这是做啥？她起初不懂，忽然触起刚才的事，心像咬的一样痛，哼出声道：“多喜，你死得好屈呀！”

赵璧媳妇坐到炕沿上说：“奶奶，你好点么？人死了，哭也哭不活了！这年月，早死一天，倒是前世修下的！”说着眼圈先红了。

奶奶倒没有一滴泪，硬撑着坐起身，脸色冰冷，两眼发直，盯着那个牌位有气无力地问道：

“我那多喜呢?”

许老用道：“抬回来啦，停在外边。他劳累了一辈子，明天让他拣个地方去睡吧，再也不用起五更，爬半夜了。”

奶奶点点头，又说：“他吃饭了没有？我知道孩子爱吃糕，赶明天给他做点糕。我活一天，也有他吃的，我死了，他也就没人管了!”说得赵璧媳妇抽打着鼻子，小声哭起来。

奶奶又默住声，直盯着多喜的牌位。好久好久，两眼忽然间闪了闪，好像黑夜里透出的东方亮，伸手到炕席底下，一摸摸出把锋快的剪刀。

赵璧媳妇抓住她的手腕子叫道：“奶奶，你这是干啥?”

奶奶浑身乱颤说：“我要八翠的命！我捅了他也好，他捅了我也好!”

这工夫，就在隔壁八翠家里，热闹刚散。保安队是人家齐大队长特意借给用的，尽管是自己插香头的好哥们，总有点客情，短不了得整点酒菜，邀几个小队长来家喝两盅。客人走后，老婆打扫打扫屋子，把煤炉子通旺，加上些炭，坐上壶水，哼哼哟哟地捶着腰，上炕先睡了。八翠挪过灯来，翻开小账本，滴溜滴溜拨着算盘珠，想算算这两天究竟拉回多少粮食。老婆嫌他熬夜费灯油，催他几遍也不睡，便嘟囔道："你天天说我费，怎么就不看看自己！"

八翠急忙把灯苗拨小，一面说道："费点也补得上。这两天，可叫我划拉了一大把。他们说老年丧子最痛，我说除了割肉痛，就是往外拿钱痛了！"

这一说，老婆想起多喜奶奶，便问道："可是啊，多喜冻死以后，你叫人铡下他的头，送到城里有啥用？"

八翠道："那是齐大队长要的。他害偏头风，听说用人脑子配药最灵，叫我给他找的。"

老婆拿手捂着头，哼哼哟哟说："哎呀，哎呀，痛死我啦！也不知道是不是偏头风？"

八翠一心一意只顾算账，哪有闲心睬她。弄到老半夜，觉得有点冷，一看，火要过了，赶忙添了点煤，想要脱衣裳睡觉，大门外有人拍了几下门。

八翠高声问道：“谁呀？”

大门外应道：“城里来的，齐大队长有信给你。”

八翠像接圣旨一样，连忙趿着鞋出去开门，一边问道：“送去的头送到了么？能不能用？”说着打开门，冷不妨闪进几条黑影。当头一个挺精干的小个子立时拿大枪逼住他说：“不许嚷！”一听就听出是河渠。

八翠扑咚地跪下去，哭着求饶。才一出声，便叫河渠小声喝住道：“你嚷就崩了你！”吓得八翠不敢出声，光磕响头。最后还是跌跌撞撞，给带走了。

等八翠老婆发觉嚷起来，人早走远。在堡子门口，又发现个放哨的保安队，绑得四马攒蹄的，嘴里塞着他的衣角。第二天一早，保安队在村南一条沟口找到八翠的尸首，胸口拿石头压着封信，写道：

“反动地主蔡八翠和顽军土匪勾结一条腿，向人民倒算，罪恶滔天。我们为了保卫自己的土地，保卫翻身果实，特把他处决，并正告其他地主，有再敢打反攻的，决逃不出人民的惩罚！”

下首写着：“蔚县三区护地队”。

五

那天，多喜悄悄走了以后，村里人正不知怎样才好，周连元恰巧赶来了。大伙一见他，立时稳定下来，轰地把他围住，七嘴八舌地问道：“老周，老周，你看顽固军占了村，咱们倒是回去好不回去好？”

周连元先不回答，反问道：“我说咱们愿意当人，还是愿意当牲口？”

大家急躁躁地说道：“修行几辈子才转生个人，谁愿意当牲口！”

周连元变得特别严肃地说道：“愿意当人就不能向敌人低头。保安队那些家伙没个正经物件，别看现时不做声，说不定藏着什么花招，一低头准给你套上笼头。大伙也不用慌，先找些土窑歇歇，吃点干粮。堡子里的情形，我想法探听清楚，再告诉大家。”

村里人松了口气，一齐找地方歇息去了。这里周连元派了个后生放上哨，又派大毛栏儿去侦察消息，然后拉着河渠跟赵璧坐到就近一个小土窑里，悄悄说道："川下现时可紧啦。敌人到处成立了大乡，又有奋勇队，都是些地主武装，已经不容易活动。靠山几个村抗日时期有基础，又偏僻，还能站脚。我跟那几个村的干部联络好，心挺齐，都下决心要组织护地队，只要齐心，吐的唾沫也能把敌人淹死！"

河渠的黄眼珠电似的闪了闪，问道："那么枪咋办呢？"

周连元说："各村都有几支，将就着能使，主要的还是手榴弹，区里可以供给，不成问题。大王疃村是哪些人可以参加？"

赵璧拿指头点了点他和河渠，又说出大毛栏儿等几个年轻农民的名字。

周连元不停地点着头说："这就好，合起那些村的人来，也有三十多，先拿南山一带做根据地，跟敌人打游击——你们以前打过仗没有？"

河渠轻轻笑道："仗没打过，狐子倒打得不

少，顽固军再滑也滑不过狐子吧！”

正说着，只听见大毛栏儿在附近叫道：“老周！老周！你们跑到哪去啦？”

周连元应声走出去，看见他带着个半老不老的本村农民，正在找不着人发急。这个农民本来待在堡子里，蔡八翠一抓走多喜，动手倒算，吓得他从堡子上顺着绳子溜下来，跑到半道碰见大毛栏儿，就被带来。他张嘴结舌地说了一遍蔡八翠倒算的情形，大毛栏儿的火早冒起一丈高。

河渠气得直瞪瞪地望着周连元说：“老周，人家的刀已经搁到咱的脖子上啦，咱还站着等啥？”

一时一刻也不能等了。周连元当天便传齐了各村联络好的人，集合到南山脚下谢家沟里。这沟弯弯曲曲净是小岔，有一条小岔顶严密，原有两个旧日挖好的土窑，现在铺上些干草，恰好能容三十来人。这伙人都是靠山各村的干部和年轻力壮的翻身农民，有血性，好样的。他们你挨着我，我挨着你，紧挤在土窑前的太阳地里，竖起耳朵听着。周连元说道：

“蔡八翠干的事，大伙都知道啦。咱们受了几千年的肮脏气，刚翻了个身，蒋介石那小子又支使土匪地主一群王八蛋，想把咱们压下去。多喜的事，真叫人痛心。你们看，谁要是警惕性一松，定准吃亏！眼前咱们只有跟敌人斗争到底，才是活路！”

河渠忍不住跳起来，摇着拳头发誓道：“要命行，要地万万不能！谁要想叫我不翻身，豁出命也要跟他拚个你死我活！”全场的人都哄地叫起来了。

周连元的红漆脸兴奋得更红，话说得更有力量：“不过咱也不能光凭着一股劲，也应该讲究个战术。敌人来得少咱就打，来得多了，咱就掩护着村里人撤到南山上，不让大伙吃亏。咱们的目的是抗粮抗丁……”

河渠接嘴叫道：“还要打击敌人！”

就这样，护地队一把火便点起来了。河渠的斗争性强，自小爱摆弄火枪打狐子，枪法顶有准头，当场被举做队长。第二天，多喜的死信传到他耳朵后，简直气炸了肺，当夜带着大毛栏儿几个人，手脚麻利地收拾了蔡八翠。这一镇压，全区凡是想乘机倒算的地主都缩回盖子里，不敢探头。大王疃的保安队本来数目不大，又是蔡八翠特意从齐天大圣借来搞倒算的，八翠一死，又不清楚护地队的声势究竟多大，赶忙撤走了。

这一来，一拉溜村庄谁不高兴，大王疃的老乡格外欢喜，被八翠拉走的粮食又归了原主。周连元抓紧机会对大家说：“敌人退是退了，可得防备他们再来。粮食一定得马上坚壁起来，省得再叫他们抢去，各家也该在山里有各家的土窑，好躲避他们抓丁。咱们组织得越周密，越不怕敌人。”

就由周连元亲自帮助村里整顿起原先的民兵，白天黑夜站岗放哨。各家连夜都到山沟野地去窖粮食，外边只留下十天半月吃的。护地队变成一支机动武装，经常拿谢家沟的两个土窑做落脚地，四处扰乱敌人。

保安队财迷心窍，十个八个，有时想来抢粮讹诈，没等进村，左也响枪，右也打手榴弹，也不知有多少人，看又看不见，谁知道藏在什么坑坑坎坎里。他们听说过什么麻雀战，也许这就是吧。吓得夹着尾巴跑了。

人少不行，就调大队来。护地队果真不敢顶，保安队一路冲进村来。可是村里除了跑不动的老老少少外，都走光了。家家倒锁着门，想去砸开，又怕有地雷炸弹。不管跳进哪个院，粮食，粮食找不着，牲口，牲口找不见。都弄到大南山去了。护地队顶多一二十支破烂枪。顶啥用？追去！不知死活的保安队便闯到南山根底，满心想圈走些壮丁，好回去补兵。但是东一条沟，西一个坎，哪有正经路，一个人也碰不见。冷枪倒来了，吱吱的，压得他们不敢抬头。忽然间，半山顶上发一声喊，一时就像山崩地裂似的，大石头从各个山头忽隆忽隆滚下来，打得那些保安队又叫爹，又叫娘，抱着头往回乱窜。

护地队声势却越来越壮，劲头十足。川下的电线一宿工夫就会搅走几大盘，电线杆子也好不好叫人锯断，不知抬到哪去烧火了。汽车路上走的大车，驮着县里的布匹、军装，冷不防会响了枪，河渠他们就会从路旁跳出来，吆呼一声连车带东西一起赶走。

敌人气极生疯，便集中许多队伍来“扫荡”，闯到村里乱抢东西，有时还点房子，闹完了就走。吴宝山趁机暗暗散出一些破坏话说：“恶煞星临头，大王疃该遭劫啦！今年太岁在南，准应在河渠那侉子头上！”

大毛栏儿是个直筒筒，烧煤冒黑烟，烧柴冒蓝烟。吴宝山见他常说个怪话，觉得是个空子，可以钻一钻。有一天，护地队宿在村里，大毛栏儿早晨在堡子上放哨，冻僵了，就着真武庙廊檐下点起堆柴火，蹲着烤火。吴宝山悄悄走上去，嗞嗞地吸着气，也蹲到火前说：“这个天真够冷的。你太辛苦啦，老弟，为了大家，自己熬夜受冻的，真叫人过意不去。”

大毛栏儿往火上架了几根干树枝说：“咱天生是挨冻的命，没啥。”

吴宝山道：“虽说没啥，总叫我心里难过。不瞒你说，老弟，我心里有块病，老放不下。要是别人，我就不说了，你比他们都开朗，说出来也不要紧。我觉得咱们枪又不多，这样干恐怕不大好……”

大毛栏儿抢着道："有什么不大好的。远的不管，你就看看往北十五里那些村吧，糟成个啥样子？人都圈到堡子里，出门就得花钱买路条，一回一张。粮啊草的不算，还要什么买兵款、买马费、买枪费、羊皮费、狗皮费，叫不上名的糊涂费。又乱抓兵，家里搜，路上拾，撵得走投无路，好多人都跑上大南山了。咱这仗着有护地队，总算没受大害。"

吴宝山摇摇头道："但愿不受大害！我一个草木之人，拙嘴笨舌的，说话也没分寸。我跟你是一个性子，心里存不住话，说错了，你也别怪。"

吴宝山走后，大毛栏儿腻味得不行。别看他粗，可又粗中有细。他越想越不对，当时找到周连元，告诉了这事。

周连元听了说道："吴宝山这人里外讨好，我早就疑心他不可靠，你先不要打草惊蛇，好好钉住他再讲。"

斗争一紧，大王疃的年轻的男女怕叫敌人堵在家里，不管刮风下雪，夜夜要睡到山沟野坡去。吴宝山抓紧空子，背后偷偷撺掇说："像这样下去，几时是个头，倒不如出点粮款，支应支应，也就算啦。”有些熬不过的人，嗷嗷嘈嘈，都跟着埋怨起来。

周连元便对大家道：“眼前苦是苦，可是俗话说：吃得苦中苦，方为人上人！再说咱们在这，并不孤立。旁的区，旁的县，到处都有护地队。咱们的大队，又在南山那边，东挡西杀的，支持着咱，咱也配合着他们。各方面联在一起，就像一根链子，早早晚晚一定会把敌人勒死的！”

六

从此，人们在那些战斗的日子里，风里雪里，雨里雾里，不管多艰苦，一想到他们的人就在南山那边支持着他们，斗争得就更坚强。在人们眼里，大南山似乎不是没有性灵的石头，倒像最知心知意的亲人，有什么酸甜苦辣的话，都可以对他说。

他们对南山诉苦，说着掏心的话，便更能从南山得到无比的力量。好消息常从山那边传来，一时说消灭了敌人几个团，一时又说拿下这个那个城。他们就是死心眼，相信有一天，自己的人必然能杀过山来，这就更鼓舞了他们的斗志。大家有时犯急，心里难免盼望说："同志，你们怎么还不回来啊！"不管是在坡里背柴，地里做活，堡子上放哨，也不管是在家里推磨轧碾，人们好不好便抬起头，朝大南山望两眼。谁也说不定在望什么，谁也明白是望什么。黑夜睡在山沟里，听见点动静，就会有人悄悄说道："你们听，怎么像脚步响?""是啊，是啊，这是脚步!"大伙就披着衣服坐起身，竖着耳朵听半天。但这不是脚步，是风声，草声，是狼蹄子踏落山崖的石头。他们的人并没回来。

日子一天一天过去，他们挺着胸膛迎接着每个战斗的日子。山顶的雪消了，山坡的草绿了、红了、黄了，刮上一场大风，白雪又披上山头。战斗的日子熬过一年，转眼早是一九四七年冬底。有一天，周连元到县里开会，回来时，红漆脸上堆满笑，搓着手说："有了好消息啦，你们愿听不愿听？咱们的大队拿下石家庄，边区（当时还是冀察晋边区）内地的敌人都扫光了，说不定哪天就会打回察南来!”

真要回来么?我的亲人啊，可想死我了!不过大队一来，上千上万，拿什么给人家吃呢?人家远来风尘的，也不能光给糊糊饭喝呀!赵璧老婆说：“我情愿吃糠，粮食都给他们!”老奶奶道：“我饿着肚子也行!”于是也不用敛，哄地一声都往外掏粮食、掏卤盐，掩藏到一起。缸里腌的酸菜更舍不得动，孩子馋的张着手要，大人说：“委屈点吧，儿啊，那是留给咱们同志吃的!”

从早到晚，人们有事无事往一堆凑，眼更离不开南山。可是一天两天，年都过了，新开岭那条山道上还是风卷着雪，连个人影也不见。

有人等得发急道：“都说是铁腿夜眼的神八路，这回怎么走得这样慢?”

许老用的脸上放出光，一字一板说道：“你倒是好烟袋嘴，玉石的，会说。咱们出出进进围着锅台转，敌情容易。人家老周不是说嘛，同志们要从石家庄来——你们知道石家庄到底有多远?”

谁也说不清。许老用扳着指头，嗓音挑得更

脆道："大约摸说吧，反正不近，总有千把里路。就打老周回来那天算起，一天走七十，今天是第十三天头上，满打满算九百里，现时准过了涞源。我看再等一半天，准有信了。"

说得大毛栏儿的一颗心像起了火，烧得再也耐不住，忽地站起身说："我迎迎去！"

河渠问道："你到哪迎啊？"

大毛栏儿道："涞源啵！"一面扛起大套筒枪，掉头走了，当天就翻过山去。

又是三天过去了。这晚上落着大雪，唰唰地响得十分柔和。周连元正跟大王疃的村干部在谢家沟土窑里算公粮账，外边雪地里咯吱咯吱一阵响，大毛栏儿揭起窑口挂的破席，满身是雪钻进来，咕咚地坐倒。大伙见他回来，欢喜得不行，丢下了账，七嘴八舌地争着问道："迎着没有？迎着没有？"

大毛栏儿低着头，也不吭声，半晌半晌，忽然颤着声说："我算白跑了一趟！"

周连元拍拍他的肩膀说道："难过什么！胜利要靠本身去争取，不能光靠旁人。咱们已经坚持了一年多，好像爬山头，再加一把劲，就爬到山顶了，胜利也就来啦。”

河渠的黄眼珠闪着亮光，拿起枪，对护地队一招手说：“走，今晚上搞敌人去！咱们不能光坐着等大队！”

七

第二天，堡子里又出了谣言，先是说：“解放军终归是个后娘，拿着咱就不会像老解放区一样，管你死活呢！”

后来就说：“解放军早叫人消灭光了，人毛也没剩，还盼个啥？大毛栏儿在涞源亲自听说的。”

赵壁心眼直，谣言搅得他光会发躁。河渠是个有心人，觉得村里谣言不断，有些蹊跷，听见谣言就追。三追两追，好几个人都道：“咱也不知道，咱是听吴宝山说的。”两人赶紧到谢家沟土窑去给周连元汇报。

周连元听了蹲起来道：“事情已经明明白白了，吴宝山是个地主分子，暗藏在咱们里边做破坏工作。没有家香，引不来外鬼——谣言且不说，怎么八翠没斗，先走了信？明摆着也是他搞的鬼。……”

说话当中，外面土窑顶上哗啦地掉下一片土，河渠问道：“谁？”探出头去望了望，也没动静。

周连元继续说道：“前次大毛栏儿告诉我后，我也盯了他好久。现在可不能再大意了，没别的，先把他逮起来再讲。”

大毛栏儿撸着袖子说：“逮就逮呀！”

可是赶大毛栏儿到了吴宝山家里，吴家的人迎着他道：“他到川下给你们买盐去啦，说是给大队预备的。”

要是周连元知道正当他们说话的当儿，吴宝山在窑顶上偷听了去，事情就好了。可惜早几天他们确实交代过吴宝山给大队去买盐，竟没十分多心。周连元只吩咐等吴宝山一回来，就逮起来，可没想到在吴宝山回来前，会干出什么事情。

当夜，周连元跟护地队都宿在谢家沟，带着灯开了个会，布置支援军队的工作，直到三星偏西，才各各拿着羊皮袄蒙着头，蜷着腿，紧挨在一起睡着了。

周连元心里事杂，一时睡不熟。他做起事来，真像快刀斩乱麻，干净利落，谁也猜不到他会有什么难心事。事实上也真难不倒他。回想从张家口撤退以来，一年多当中，经过了千辛万苦，但是到底坚持过来了。时常有些事在他心里挽着套，焦思苦虑，黑夜睡不着。白天在人面前，他可永远挺精神，挺高兴。但他终归老了，不到四十的人，先拔了顶，拔得一个脑袋顶又光又亮，同志们都叫它电灯泡。拔就拔吧，为了人民，就是掉了脑袋又算啥？他迷迷糊糊睡过去，脑子里可仍然很乱。一时仿佛在河北平原的地道里跟日本鬼子进行地道战，一时又仿佛叫鬼子包围住了，一个手榴弹扔到他脚前，轰地炸了。

他猛一惊，掀开皮袄坐起来，河渠也忽地坐起身问："是不是枪响？"

是枪响，就在窑跟前。窑里黑糊糊的，只有窑口挂的席缝里透进点浅蓝色的亮光。河渠爬到窑口，才一掀席，叭叭地又是几枪打过来，还听见吴宝山在窑顶上说道："我不是说吗，大队长，捉不到这些土鳖砍我的头!”

吴宝山是在被人看破后，当时溜走。自己既然存不住身，索性来个毒的，出头领保安队回来抓人。绰号齐天大圣的齐大队长亲自出了马。这人生得长脸，大嘴巴子，一脸灰气，据说夜夜离不开女人。齐天大圣调出一个连的兵力，分做两股，一股从西抄到谢家沟，另一股由他亲自带着，一直扑到大王疃。天已经傍明，放哨的民兵打了个手榴弹，露宿的人从睡梦里惊醒，忽隆忽隆都往山上跑，却被另一股顶住。吴宝山领着齐天大圣一直奔到谢家沟那两个土窑前，堵住了护地队。

齐天大圣命令一班人守住土窑对面的沟沿，用火力封锁住窑口，自己带着人站在窑顶上，朝下叫道:“出来出来！不出来就打啦!”

吴宝山也顺着叫:“我看你们还有啥挺头！趁大队长在这，出来该领个啥罪就领个啥罪吧!”

大毛栏儿在窑里开了腔:“把你娘的，爷要投降，就不是我爹做的!”

齐天大圣朝下咔咔打了两枪，骂道:“不知死活的东西，看你硬得起来！你就别想跑的了!”

话没说完，一个好像是人的东西从窑里飕地飞出来，引得两面沟沿的枪一齐响了。就在敌人顶上第二排子弹以前的空子里，窑里忽地涌出许多人，周连元跟河渠当头，一面铿铿地撂手榴弹，一面顺着沟飞跑。保安队一时吓住，赶再顶上子弹，周连元跟河渠早带着一伙人钻进另一个沟，奔着大南山冲去了。冲得后一步的人却被子弹封锁住，冲不过去，赶紧缩回土窑去。赵璧腿上中了一枪，摔在窑口，幸亏大毛栏儿手快，把他拖进窑里。

齐天大圣望着那个最先出来的东西，原来是件捆得像人的羊皮袄。这是周连元跟日本人打游击时学到的巧妙办法，先用这个假目标虚晃一下，骗了敌人的子弹，他却本着冲锋在前的精神，领着河渠他们冲出去了。齐天大圣又气又恨，吩咐保安队好好地看紧，不让窑里人再冲，一边叫拿火烧，拿烟熏。

村里人连男带女，共总百十来口子，抱着被窝，牵着小孩，都被圈在沟沿上。保安队动手夺被子，剥人家身上的皮袄棉袄，架起柴火点着，扔到土窑前。沟里一时烟火腾腾的，陈年的宿草也烧起来，熏得上边的人都直流泪。

小孩哭了，有的女人抽抽搭搭的，响着鼻子。男人们却说："哭什么？留着你那些眼泪吧！"

齐天大圣连声叫道："你们归降不归降？再不归降就烧死你们！"得到的回答却是一阵手榴弹，吓得那些保安队闪得老远，不敢靠前。窑里又一个劲往外撮土，火一烧到窑口，就被压灭。

齐天大圣看看火烧不行，又叫当兵的拿刺刀从窑顶往下掘土，想要把大家活埋了。大堆大堆的黄土好像瀑布，顺着窑面哗啦哗啦直流，两个窑口的土也就越堆越高，眼看着就要封死口了。这时轰隆一声，一个窑顶挖薄了，土塌下去，陷了个大窟窿。手榴弹飕飕地几颗，立时就从下边扔上来。

从天亮打起，直到日头偏西，窑里的枪声断了，手榴弹也稀稀拉拉地隔半天扔一个。百姓都急得要命，有人悄悄叹道："准是子弹打干了！"正在万分紧急的当儿，忽然轰轰地一连几声，地面也像地震似的摇了摇。保安队刷地一下，闪出七八步远。就见窑顶那个窟窿冲出一股尘土，小旋风一卷，像根柱子似的卷起多高。

窑里悄没声的，好像两窑人睡得正酣。保安队磨蹭半天，才壮着胆子走过去，逼着一些百姓刨开窑口，只见每个窑里躺着一堆血糊淋拉的尸体，炸弹的碎片飞得到处都是。他们是在打到最后，眼看窑口封死，冲又不能冲，打又不能打，每人光剩下一颗手榴弹时，赵璧先领着大家毁了文件，砸坏了枪，然后熬着伤痛爬到窑口上，从没封严的土缝里对隔窑问道："喂，同志，你们那边怎么样？"

隔窑应道："怎么也不怎么的！"

"文件呢？"——"烧啦。"

"枪呢？"——"砸啦。"

"子弹呢？"——"光剩点手榴弹了。"

赵璧便道："有手榴弹就好。今天咱们是走不出去了，难道咱们能对敌人屈服么？"

隔窑激愤地答道："死了也不屈服！"

赵璧就笑道："好，好，你们真是察南人民的好儿子！咱们替人民服务，要替人民尽忠，也是时候了！再见吧，同志，打开你们手榴弹的保险盖吧！”

他扭回身，大毛栏儿以及其他护地队员都在一霎不霎地望着他。他跟他们对望许久，一句话不讲，最后问道：“你们还有什么事么？”

对方一齐答道：“没有啦。”

赵璧大声笑道：“没有咱们就一道走吧！老周跟河渠他们一定不会忘了咱们，一定能坚持到胜利，替咱们报这个仇！”他就怀着这样胜利的信心，最先拉了手榴弹的弦。……

两窑里一共抬出八个死节的英雄。齐天大圣得意到透顶，要不冲出去那一伙人，岂不是全胜？他吩咐人从村里弄来铡刀，一个一个把头铡下来。又弄了两个驴，驮上头，绑走六十多个青壮年，轰猪似的一起轰进城去。青壮年先关在牢里，留着补兵。人头都用铁丝穿着耳朵。挂在蔚县三关前的电线杆子和树上。赵璧跟大毛栏儿的头挂在棵杏树上，一天一天变得发灰，发青，发黑，走了原样。杏树迎着春天，却在一天一天发柔，发光，打了骨朵儿。

八

就在杏花半开的一天，许老用披着他那件“龙袍”，没精打采地坐在街头晒太阳。他的光嘴巴，脆嗓子，原先使他像棵“老来娇”，总不显老，这一阵发生的事情，却像一场大霜，打得他垂头丧气的，坐到那就爱打瞌睡。有时勉强说几句巧话，自己都觉得刺耳。

大南山一冬的积雪又消了，许老用漠不经心地瞟了南山一眼，头一耷拉，闭着眼打起盹来，心里却像有人用草棍拨着，不能安生。刚才那一瞟，他恍恍惚惚觉得有个什么东西从新开岭背后翻上来。该不是人吧？唉，别疑心妄想了，还不是你老花了眼，拿着绳子当长虫，自己闹鬼。他尽管在心里嘲笑自己，到底忍不住又睁开眼。太阳光照得他的眼乱蹦金星，眼真花了，居然看见新开岭上乱跳着一长串什么东西。他揉了揉眼，探着身子定神一望，忽然爬起来，指着南山嚷道：“哎，哎，咱们的大队来了！”

好几家子登时打开门，跑出人来，跟着嚷道："可不是，可不是，大队来啦！"

就见新开岭那条黄色的山道上，走下一队小人。看的人越聚越多，许老用也不知从哪来的精神，一个劲嚷："这就好啦，这就好啦！猛虎下山，看那些地老鼠往哪钻吧！"

便点着指头数道："一二三四五六七……"怎么只有八十？不会吧，一定是他眼错，没数清。回头另数，还是八十。直数到第三遍，也没多出半个来。他垂下手，一瘫瘫到地上，自言自语道："顶多是县大队。光八十个人还是不行啊！"

河渠可早兴奋得坐不住了。那天随周连元冲出来后，他带着护地队，仍然在本区坚持着战斗。现在一见南山来了队伍，马上跟周连元领着人迎上去了。

这晚上，许老用不点灯就上炕睡了。可是哪睡得着？上年纪人本来觉少，翻来覆去，硌得骨头都痛。顶到二更天，隐隐约约听见远处响了声枪，立刻从枕头上抬起头，竖着耳朵再听：四下静悄悄的，本村狗也不咬，哪有什么动静。别哄自个了！别哄自个了！他拉一拉破棉袍子，蒙着头想睡，这时明明白白又听见一阵枪响，街上还有人说话。他披上“龙袍”迈出来，只见黑糊影里站了一堆人，深夜的寒气逼得几个老汉不住地咳嗽。有人悄悄问道：“哪响枪？”不知谁答道：“东北上，大半是打代王城（蔚县东一个大据点）。”又有人说：“不，是西北。你听这不是蔚县那个方向？”许老用插嘴说道：“大西边也打呢。”一个媳妇打着冷战问：“八十个人怎么能拿这些地方？”许老用好像本来知道的比谁都多，笑着说道：“你呀，大嫂子，上炕认识剪子，下炕认识勺子，就是眼皮子浅！大南山也不光这一个口子，你怎么知道出来多少？”那媳妇顶他道：“你还说是县大队呢。县大队哪有这么多人？”许老用拔尖嗓子辩道：“我几时说过？我早就估摸着是咱们的野战大队。”

他们站在露天里，也忘了冷，直听了一夜，直谈论到天明，正要派人下去探听探听消息，河渠背着支崭新的三八枪，跑似的迈进村，脸像抹了油，锃亮锃亮，不等人问，开口就说：“代王城拿下来了，蔚县城也包围住了，蔚县川里的据点差不多都扫光啦！”

赵璧媳妇止不住哭出声道：“我那屈死的人哪，你的仇到底有人来报啦！”

河渠继续说道：“夜来黑间我们跟大队打代王城，现在还得去打蔚县城。我回来是区里叫我告诉大伙给大队预备粮食。”

许老用说：“还用预备！他们要是肯吃我的肉，我也割给他们！”

老奶奶牵着河渠就走，一面说：“走吧，我正打算看看咱们的人去？”

河渠劝道：“别去了，奶奶，你走不动。”

奶奶把腰板一挺说：“争着这口气，我爬也要爬去！”

许多人都要去。赵璧媳妇跟一些烈士的家属早把心煎熬碎了，憋着满心的痛苦，更要向自己的人诉说诉说。

许老用道：“咱们要去也得带点礼物啊。”

赵璧媳妇抹着泪道：“我啥都抢光了，光剩这颗心，我要把心掏给他们！”

于是这帮人，老的老，少的少，还有带着热孝的，一齐朝蔚县城边赶去。半道上时常碰见一群一群的俘虏，正往后方送。老奶奶气得点着指头说："现世现报，看你们厉害，还是俺们厉害!"

赶离城不大远，他们走近个村，恰巧有一连解放军集合在村边上，个个都是昂头挺胸，精神饱满，静听着指导员的战前动员讲话。老奶奶这样一个刚硬要强的人，从来不肯在人面前服软，忽然一阵心酸，眼泪哗哗地往下直流，扑上去拉着指导员的手哭道："好啊，恩人，可盼来了！……"于是一边哭，一边说，再也听不清说些什么。赵璧媳妇等也随着哭起来。

指导员一面用手背擦着泪，一面扶着老奶奶说："老大娘，我们走后这一年多，东打西打，都是为着你们，你有话都告诉我们吧，我们一定替你出这口气!"

老奶奶就转过身，点着指头对战士们哭诉道："自打你们走后，这一年多，我们算掉到火坑里了！……"便从头说起大王疃遭的劫，说了哭，哭了又说，赶说到谢家沟那场惨案时，赵璧媳妇忽然号了一声，一口气上不来，昏厥到地上。旁的妇女赶忙给她揉胸口，叫她，半晌她缓过来，放开长声哭道："我只说这辈子再也报不了这个仇，不曾想还有今天！同志们，你们替我报这个仇吧！"

战士们耸动着肩膀，哭得头都抬不起。指导员哭得眼圈红红的，举起拳头高叫道："同志们，光哭不行！我们一定要用坚决的行动，打开蔚县城，消灭敌人，给察南的人民报仇！"

炮响了，轰隆轰隆，越来越密，炮弹爆发出红光，一闪一闪的，像是雷电。大团的烟尘飞腾起来，连成一片，淹没了整个蔚县城。忽然间，漫山漫野震动一声，战士们从四面八方冲向城去，冲向那个挂着人头的血腥大堡垒。就在这一刻，敌人在察南的土匪统治被轰碎了，冲垮了。

城头飞起一条金龙，胜利的信号正照着华北的天空。

九

现在让我交代交代这个故事的收场。

蔚县解放后第三天，我到大王疃见到区委书记周连元。他曾经领导本区人民走过艰苦的战斗路程，达到胜利，现在正领导人民开展本区新的工作。头天下午，村里已经把那些烈士的头拿回来，重新跟它的尸身安葬到一块。被抓去的青壮年都被解放军从牢里救出来了。我去那天，大家正在自动地从山沟挖他们坚壁的粮食，准备送给解放军吃。民主县政府由城里拨来一批缴获的黄米，赵璧媳妇和大毛栏儿等人的家属都得到救济。

许老用又要做豆腐卖，可是正忙着支援军队，还没顾得上。他抽空陪我去看了看老奶奶。这位老大娘真硬，谈起以往的事，气急时，两眼瞪得挺直，再也不流泪了。河渠已经调到区里去，许老用对我赞道："老子卖酱卖醋，我那干儿像他奶奶一样，真是块铁！"接着他又告诉我，从解放后，八翠老婆跟吴宝山家里人活像耗子一样，钻在洞里不敢露头了。

我顺便对他说道："吴宝山已经抓到了，齐天大圣也落了网，民主政府一定要按罪治罪，也不会随便叫他们家里人顶罪。"

许老用点着头笑道："这才叫天从人愿！我分到的地，也牢靠了。"说着脸上突地放出光彩，显出一种稀奇的活力。

但我明白，这正是土地给人的力量。这力量使人在斗争中变得坚强，变得伟大。在这种力量底下，千千万万人团结在一起，团结得像一座大山，最终把敌人压成稀泥烂浆。

★

北　线

胜利决定于两腿，

胳膊只是胜利的手段。

*

主要的武器是人。

——苏沃罗夫语。

一

一九四六年秋后的一天，天色黄昏，怀来平原上漫着一层苍苍茫茫的烟雾。满野熟透的庄稼，无数压得弯了腰的向日葵，一时好像也化成烟，模模糊糊看不真了。白天一整天，进攻张家口的敌人十六军拿大炮不断朝怀来轰，轰得尘土障天，末尾又像头几天一样，半步也没进，天一黑先怯了，累得皮靴子都拖不动，蹒蹒跚跚退回原阵地去了。这时从怀来南山上却扑下无数队伍，穿过密密的庄稼地，葵花地，赛跑似的越过敌人的火网，直扑着敌人的两个团奔去。从大清早起，敌人只吃了些半生不熟的大米饭，饿了一天，正在村里烧火做饭，手榴弹一响，机关炮还在牲口上驮着，解放军早像老鹰抓小鸡似的，一阵猛冲，把敌人从村南直压到村北。敌人乱开枪，还想挣扎，解放军一支轻巧的部队冷不防迂迴到屁股后，一排手榴弹打开道路，当头的是个叫马铁头的战士，喊一声杀，朝前一扑，一把抓住挺重机枪。

枪筒打得火热，烫伤马铁头的手。他也不觉得痛，夺过枪冲着敌人扫起来。敌人往小巷里，往屋里，四处乱窜。有个敌人手脚像猫一样快，身子一纵，扳住墙头想跳墙逃跑。马铁头窜上去，用铁钳子似的手一把逮住。星月的光亮里，影影绰绰望见那人的右腮上有块伤疤，像只飞鸟一样。

附近村庄的敌人谁不怕夜战？也不敢出来，光是瞎打枪。一时间四围响起流水似的枪声，红绿色的闪光弹满空乱飞。月牙卧在向日葵梢上，解放军带着大群的俘虏，扛着大批新缴的枪炮，天不放亮，又翻回南山去了。老百姓们迎着胜利归来的战士，喜得围上来说："有你们这些同志啊，反动派要想占张家口，可应了那句古话，鼻上抹蜜糖，干馋捞不着！"

谁知就在当天下午，部队忽然奉到紧急命令，立时往山里撤退。

二

为什么说撤就撤呢？战士们又纳闷，又丧气，个个憋着满肚子不舒服，无缘无故直想发脾气。私下里也听到风声，说是西边绥远的敌人配合东面夹击张家口，已经偷偷摸摸逼到跟前了。来了就揍他狗操的，干啥偏要撤呢！战士们走过大片大片的葡萄园，正当大熟的时候，一架一架的，挂得挺厚，从心里觉得难过。这些土地，这些田园，都是劳苦人跟着解放军苦斗了八年，从日寇手里解放过来的，熬星星，熬月亮，手磨得起茧，才用血汗摆弄出这些果实。蒋介石这号人却像那专吃等食的野雀子，瞅人不防备，就想飞上去乱叫乱啄。战士们谁服这口气，一面走一面哇哇地叫："好杂种操的，先别得意！老子要不叫你把吞下去的再吐出来，就算我娘没给我安上骨头！"

马铁头夹在队伍里，丧着个脸，格外怄气。他就是这么泼泼辣辣的，直出直入。人长得也是样：长方脸，黑里透红，总挺着胸脯，像是只斗胜了的大公鸡。家在河南信阳，无父无母，十五岁跟着乡亲来到口外当矿工，和家乡断了消息，张家口从日寇手里一解放，高高兴兴参了军，又参加了党，从此就跟革命血肉难分了。品性最好，有了钱就花在旁人身上，有了东西就给了人，一天到晚欢欢喜喜的，胸襟永远那么敞亮。这回一撤，他只觉得浑身的力气没处使，心里窝着股火，拾起块石头朝着偷葡萄吃的野雀子摔去，嘴里骂道："滚你娘的蛋！你倒会藏奸取巧，净吃现成的！"

走在马铁头背后的是在丰镇解放过来的乔文海，左腮长着个瘤子，都叫他疙瘩乔，这时直着嗓子干嚷道："渴死我啦！渴死我啦！"一插插到葡萄地里，摘下一嘟噜紫葡萄就吃。

马铁头睁大眼说："你怎么犯群众纪律呀？"

疙瘩乔吃得更欢，呜噜呜噜说道："大纪律不犯，小纪律不断，横竖不是枪毙的罪！这年月，今天伤五个，明天伤六个，说不定哪天就死了，不吃才是傻瓜！"就掉过脸，对一个叫魏三宝的新战士道："你说是不是？当这个解放军，死不了也活不成！人家有的是火车汽车，飞机大炮，还净美国造。咱们呢，光靠两条腿，枪又是那么些破枪，还会不打败仗！"

魏三宝是河北安国的农民，才十八岁，长脸

蛋，高鼻子，在家里当过民兵，跟一个亲戚到张家口一家电料行当学徒，情况一紧，自己跑到队伍上来。他缺乏锻炼，脚上又穿着双新鞋，磨得脚痛，瘸瘸点点走不动，惹得班长杜富海蹙起扫帚眉，又发了“花机关”① 的暴躁脾气叫：“快点走啊！你也不是新媳妇，还用人搀！”骂得魏三宝憋着一肚子委屈。

马铁头闪过身来，要替他背枪。魏三宝要强不让，马铁头硬夺过来说：“给我吧！明天我有困难，你再帮我。”

部队走了两天，一爬山，敌人的飞机在头上打了几个圈，扫了几梭子机关枪，有些战士发了慌。疙瘩乔也不听班长的指挥，自个儿瞎跑，对着战士们说：“这不完毬蛋啦！咱们就是长着兔子腿，也跑不过飞机！”

飞机一走，疙瘩乔躺在沟里不起来，杜富海招呼前进，他闭着眼干喘道：“我的腿走拧筋啦，

---

① “花机关”是种枪，容易走火，战士用它比爱发脾气的人。

你们先走吧，我一会赶你们。”

杜富海叫道：“你要什么油腻！游击队也不能这样吊儿郎当的！”

疙瘩乔嘟囔道：“吊儿郎当做皇上，八路军就是这个劲嘛！”僵得没法，临末了只好给他找了头毛驴骑。

这黑夜宿营，山疙落里村小，房子不够住，许多部队都露营。马铁头他们找个背风的地方，割些草铺上，将就着睡下。半夜偏偏变了天，雨挟着雪，淅淅沥沥下起来。疙瘩乔一淋醒，大呼小叫地乱嚷。马铁头在黑影里叫道：“别光乱嗓嗓的，正经得想个遮雨的办法！”大伙七手八脚忙了一阵，头顶上搭起个棚，摞垛似的又挤着躺下。马铁头却蹲在一边光抽烟。魏三宝问他，才发现他拿出被子搭了棚，自己冻得不能睡。马铁头倒还说：“你们睡吧，明天好赶路。我身板骨硬，淋点冻点不碍事。”魏三宝拉他过来，两个人盖着一条小被子熬了一夜。

第二天早晨一看，雨早变了雪，露营的人都埋着一层雪。疙瘩乔一肚子气没处出，对着一块石头骂道："操你娘啊，给你一枪！"砰的就是一枪。出发以前，全连集合起来，连长龙起云迈到队前。他人长得魁肥，大脸盘冻得通红，带着激愤的神情打开粗嗓门说：

"我们在怀来打了胜仗，冷丁又撤啦，别说你们纳闷，上级不说，我也想不通。难道说我们愿意随随便便撤么？谁也不愿意！我们要永远记住这个仇！张家口东边有狼，西边有虎，起根就没安好心肠！我们决不肯当傻瓜，跟敌人在张家口拚伤亡！敌人发了疯进攻，我们就闪开他，打到旁处去！东方不亮西方亮，黑了南方有北方，眼前也不必在意一城一地的得失，只要拿出全力歼灭敌人，有一天一定能重新拿回张家口来！这正是按着毛主席的主张行事。撤出张家口，也丢下个大包袱，以后可以大踏步前进，大踏步后退，跟敌人打运动战，消灭敌人！"

疙瘩乔在嗓子眼里咕哝道："什么运动不运动，我看是叫人追得鸡不下蛋！"也有人想道："哼，什么不在一城一地的得失！反正力量小，要是力量大，为什么不守着呢？多一个地方总比少一个地方好！”

龙起云继续说道：“有些人认为咱们打不过敌人，逼得才退，我说咱们一直就在前进，从来也没后退！想想早年在冀中平原上刚成立那时候，一个连八九十人，一挺歪把子，步枪也无非是大套筒，四套环，汉阳造，净没口的杂拌儿货！地里解手，随便撅老乡的甜高粱吃，黑间行军，报告班长去解手，可去摘人家两个梨。打起仗来，谁懂得利用地形地物？人家老百姓场上堆的谷糠，也当了工事，还有钻到秫秸垛当间的。以后会打小伏击了，会打增援了，眼时呢，枪也不错，炮也有啦，够自然不够，这就得咱们卖一把力气，再多夺敌人的枪、敌人的炮才行。同志们，难道说这是退么？现在听我的口令：起立，前进！”

说是说，战士们可大半不信。不过劲鼓起来了，腰挺起来了，灰心丧气的情绪一时也压倒了。一星期后，队伍转到京汉路北缉，背靠着山地驻扎下来。

三

这一路长行军，雨淋汗溻，战士们的衣服湿了干，干了湿，滚得不像样子。一驻军，头一件事是进行清洁卫生。上午休息半天，下半天，连部的伙房烧了两大锅滚开的水，叫大伙烫衣服。理发员在连部院里放了张板凳子，挽起袖子，忙忙碌碌地给大家剃头。

马铁头独自个儿挑了两半筲热水，回到班里，一进院就叫："同志们，快起来消灭小蒋介石吧！"

疙瘩乔躺在炕上咕哝道："消灭个屌！我的骨头都走苏啦，几时回家，睡他一辈子也不下炕，报报这个仇！"可是虱子咬得浑身发痒，还是爬起来换了衬衣，跟大家来到院里，把脏衣服丢到瓦盆里，倒上开水烫着。

入冬了，河北平原刚见霜，太阳地里依旧暖洋洋的。大伙在院里搓衣服，洗裹腿，马铁头刷着双踏得净泥的山鞋，揪住鞋跟连摔几下说："你们瞧，这鞋多硬梆，穿上去踢死牛，再爬两趟山也坏不了!”

一个战士伸了伸舌头说:“你还没过够山瘾哪!这一道光穿山沟,把我脑袋都给挤扁啦。”

马铁头笑起来道:“你怎么啦?是不是也要给山磕个头?”这一说,大家想起出山那天,疙瘩乔回身对山磕了个响头,还说:“阿弥陀佛,这回可离开你了!”——一时忍不住都笑了。

班长杜富海道:“笑话多着呢。去年秋里日本投降,队伍从冀中往张家口开,乍一见山,青乎乎的,真稀罕。进山头一天,累得要命,可是不等吃饭,排长就领大家上山玩去了。——那时候排长还是卢文保。”

魏三宝晃着个青鸭蛋似的头道:“对啦,我才在连部理发,大伙嚷嚷说卢文保派到咱连当指导员,一会儿就来,说是还有些新同志一道来。”

杜富海早得到信了。原先那个指导员在前线上雨地里淋着,湿地里趴着,长了疥,又害回归热,半道送到医院休养去了。卢文保和杜富海差不多是一九四四年前脚后脚参军的。卢文保进步快,日本投降时候升做排长,绥西战役打国民党反动派，负了伤，养好伤后进了随营学校学习，现时又派回本连来。杜富海嘴里说：“咱落后，比不了人家！”内里可装着一肚子意见，老觉得自己早年在旧军队里干过，军事上有一套，比别人强。同志们批评他从旧军队里也染了点军阀残余的旧习气，他很不服气，辩白道：“惯兵如杀兵，不严怎么行？”部队从游击队编做主力，强调正规化，他自以为占了理说：“我早就说嘛，人无头不走，鸟无头不飞，一家人也得有个当家的，军队怎么能不讲究个上下级？”于是更发展了强迫命令的作风。战士们怪他暴躁，背后都叫他“花机关”。

大伙洗了阵衣服，又在院里吊起几根背包绳，搭起来晒，连部的通讯员小张跑来告诉说补充的战士到了，叫杜富海去领人。不大工夫，杜富海就领回两个新同志来了。

这两人一个是安国的翻身农民，叫李全喜，大耳朵，厚嘴唇，黏黏糊糊的，闷着头不大吭声，跟魏三宝一碰面，原来还是一个村的老街坊邻居。另一个叫林四牙，河南人，长身材，上眼皮子挺厚，总耷拉着，显得有点阴，有时一抬眼，印堂皱起四条竖纹。马铁头觉得这人有点面熟，望着他右腮一个飞鸟似的伤疤，左思右想，猛一下记起来了，不禁心里笑道："噢，这不是我在怀来俘虏的那个人么！"

班里人笑着让他们坐，马铁头忙着递烟，林四牙赶紧说："我来我来！"夺过烟去，反倒一支一支敬大家，还说："俺新来乍到的，什么事不懂，有什么错，同志们多包涵点。"大家正讲着眼面前的话，司号员在房顶上吹了开饭号。林四牙又抢着跟大家去打饭。李全喜却显得怪认生的，吃饭不大好意思夹菜。有人笑道："吃吧！你这是做新媳妇？你娘嘱咐你别吃饱了，怕人笑话！"

疙瘩乔捧着碗干饭蹲到菜盆前，拿筷子搅了搅熬白菜，皱着眉说："这算什么菜？照镜子倒好！"

杜富海瞪起眼道："你说什么？我看你真是猪八戒照镜子，不知道丑！——想坐禁闭了！"

疙瘩乔一扭头，在嗓子眼里咕哝道："坐禁闭大休息，掉了脑袋透空气！反正论堆说一百多斤，爱怎么就怎么的！"幸好杜富海没听真。

大伙本来正在热热闹闹地吃饭，这下子弄得挺不对劲，谁也不说话了。正在这时，门口有人问道："这是哪班住在这儿?"随着走进个人，约莫二十四五岁，高颧骨，两只大眼又深又黑，透出股深思的神情。

来的正是新指导员卢文保。他一把抓住杜富海的胳膊，跟大家笑着招呼道："我刚来，怪想大家的，先来看看。棉衣都发了吧！天凉了，黑间睡觉冷不冷?"一连串问了几句，又走进屋去，摸摸战士的被子，按按炕席，回头对杜富海说："不行，不弄点铺头，黑间受不了。跟房东说一声，顶好借点麦秸。可别借人家秆草呀，秆草一铺，牲口就不吃了。"一转身又到了院里，扫了大家一眼，点点头笑道："你们先吃饭吧，停一会咱们再说话。"趋溜的不见影了。他那一眼，可一直钻到每个战士的心眼里。

四

卢文保在各班打了个转，也不用深问，一眼

看出战士们的情绪不大对头。他本人是战士当中的一个，摸得准战士的心事，喜欢什么，怕什么，从神色表情，行动言论，一看就猜到八九分。自己从小当长工，数不清受了多少折磨，最能体贴旁人的苦楚，处处也最能替人着想。在排里时，战士就常说："老卢，你怎么像钻到我心里看了一样！"眼时他还捉摸不透连队不稳定的道理，光觉得班里懒懒散散的，好像缺乏主心骨。

回到连部，连长龙起云先吃了饭，正跟通讯员小张下象棋，车叫人家马踩了，赖得按着小张夺棋子，一见卢文保回来就说："你怎么回来得这样晚？饭菜都撂凉啦。"

卢文保笑道："唉，我落后！"一面坐到炕上，往嘴里扒拉着冷干饭说："连长，趁这个闲空，你给我念叨念叨连里的情形吧。"

龙起云推了棋盘说："念叨什么？你才离开几个月，也不是不知道。大胆去做得啦。我顶看不惯小手小脚的那个别扭劲。"说着点点头出去了。

卢文保低下眼，露出深思的模样。连长是他的老上级，老脾气依旧没改。战斗作风硬，做起事来雷厉风行，就是主观性太强，多年的游击习气一时改不了，也不十分重视政治。卢文保再没心思吃饭，搁下饭碗，正一正帽子又往班里走，急着要闹清楚连队的情况。走不几步，迎面碰见马铁头背着一大垛谷秸，压得腰都弯了，紧后边跟着房东老大伯，也背着草。

老大伯一见卢文保是个干部模样，笑着朝马铁头一扬脸说："你瞧瞧这个同志，真仁义！我从场上往家弄柴火，他非帮不行。一背就是百十来斤，压赛半匹牛！"

卢文保提起嗓子笑道："你光见他能做，还没见他能吃呢。吃炸糕，一吃就是二十四个。——来，老大伯，我帮你背这一段。"

老大伯拚命摆着手不肯，卢文保硬给他把草扳下来，自己背上肩膀，一直送到他家里。

马铁头撂下谷秸，脑瓜子上冒了汗珠，热得要解扣子，卢文保止住他说："小心着凉！歇一歇汗就消了。"便拉他坐到门外碾盘上，问道："你们是不是天天帮群众做活？"

马铁头道："说不上天天，反正谁爱做就做，不做拉倒。”

卢文保奇怪道：“班长也不管？”

马铁头面对面望着卢文保说：“指导员，你知道我这个人是有一说一，有二说二，藏不住话。班长坏是不坏，就是爱耍态度，一说话吹胡子瞪眼的，正经事倒不管了。班里闹得挺不团结，一个疙瘩乔，净说破坏话，你叫他帮房东挑水，听他嘟囔吧：‘你爱护老百姓，有本领多增加点地盘不好，何必替他们当长工？’这家伙说不定有问题，又找不到他的证据。班长光会骂，也不讲究教育。”

卢文保瞪大眼道：“班里问题这样多，你们也不汇报？”

马铁头哼了一声说：“向谁汇报？支部自古以来不开会，小组生活也不过，我连支部书记是谁都不知道。咱们的连长操场上真有一套，可就不肯找咱谈谈。”

卢文保的心就像针扎的一样痛，但这下子也摸到连队的痛处。这天，他到处找支部委员谈，找战士谈，直到吹了熄灯号一大后，才摸着黑回去。连部的人早睡了，灯也灭了，龙起云躺在黑影里问了一声，卢文保应了一句，轻手轻脚解开背包，挤到炕头上躺下去，然后悄悄说道："连长，咱们明天召集个支部会好不好？"

龙起云翻个身说："往后闲着再召集吧。现在军事要紧，别把军事课目占住了。"

卢文保略略提高声音说："军事要紧，政治也要紧。咱们的支部生活太散漫，党员不做党的工作，支部要垮台；支部不能保证连队工作，还能打什么胜仗？"

龙起云老声老气说："咱是个大老粗，比碾盘还粗，光会出死力打仗，哪敢跟你比政治理论！"

卢文保笑道："连长，我们都是革命同志，我说话也不会转弯——战士们对你可有点意见。"

龙起云呼啦地坐起来，亮开粗嗓门说："什么意见？又是不讲民主！你别听见风，就是雨，信他们那一套。家有千百口，主事在一人，十八口乱当家，目无组织，那不成了没王的蜂啦！"

卢文保平心静气道："一人没有两人能，两人没有三人精，旁的先不管，党的力量必得发挥起来，当做最高领导，军队才能有主心骨。”

龙起云憋着口气，一头倒下去，不再做声。卢文保心里盘算来，盘算去，直顶到半夜驴叫，才迷糊过去。第二天召开支部大会，全支部有四十多个党员，只来了二十几个，卢文保亲自去叫，二三十分钟才叫齐。当场规定出经常的汇报会议制度，这样拿党员做骨干，可以掌握部队的思想情绪，进行教育，又要党员事事带头，推动大家。也有人不满意说："怎么指导员一来，事就多了。"还是依了他的主意。互助组普遍组织起来，三人一组，不论行军打仗，规定要一起行动，互相帮助。马铁头当了互助组长，林四牙李全喜都是他的组员。

五

这一来，可忙坏了马铁头。素常不用他管的事，还抢着插手做，再一把任务交代给他，自然更挂心，吃饭睡觉也忘不了林四牙和李全喜。他拉他俩走到院里的谷秸垛前，放倒两个谷秸垫着坐下，晒着太阳，跟他们谈心。他谈自己的历史，谈解放军的情形，想叫他们了解自己，也想引他们多谈谈个人的事。林四牙耷拉着厚眼皮，留心地听着，末了眼皮一翻，笑着说道："组长，你放心好啦。人心换人心，八两换半斤，解放军的好处谁都看得见，我参加也是自个要求的。"

马铁头见李全喜低着个头，无精打采的，就问道："你先前没出过远门，乍一到部队上来，是不是过不惯？"

李全喜拿树枝在地上乱划拉着，也不说话。林四牙把眼眉一皱说："瞧你这个窝囊劲，压死也挤不出一个响屁来！组长问你话，倒是说呀！"

李全喜横了他一眼，有点脸红，半天嘟噜出几句话道："谁参军也不是逼出来的！我家里分到地，更是自愿。"

可是李全喜并不想参加野战军。他家里有娘，一个刚成人的兄弟，再就是自己去年新娶的媳妇。土地改革后动员参军，他原以为是保护本乡本土，不离开本地面，跟着参军的大流报了名。赶往外一拉，傻了眼。这一出去山南海北，说不定扯到天边去，又惦着兄弟年轻，撑不起门户，少夫少妻的，更难免有点依恋。心里就挽了个套，不时解不开，弄得没情没绪的，光想睡觉。往前方开时，一步挪不动二指，多好走的路，也拉上段距离，后边催他，他就更加恼闷，心想在家里，赶集上市，爱走多慢走多慢，这可好，简直像追命一样。补到班里后，整天恍恍惚惚，开会就打盹，坐着坐着就睡了，再不就呆头呆脑地发愣。惹得杜富海刺打他说："我活这么大，从来没见你这号人，真是属核桃的，非砸着吃不行！"

马铁头见李全喜的情绪越来越坏，明知他是想家，又不便当面点破他，只说："你是不大精神，歇几天就好了。"便扶他躺到炕上。李全喜一躺下去，拉过被子蒙住头，委屈得心里发酸。在家里，有个病啊灾的，老的给刮刮，媳妇端汤送水的，于今倒好，死了又是谁的儿子？本来没病，心情一坏，不想吃，不想喝，倒果真发起烧来。杜富海冷言冷语说道："我看他是没病，没病，天天想病！"马铁头见李全喜这样，去跟指导员借了点钱，买些酸干，熬了碗水端到他眼前说："起来喝了吧，发发汗就轻松了，出门在外的，身子骨要紧。”

李全喜刚喝了酸干水，卢文保就来了，手里提着个小篮子，里边装着鸡蛋、白面，往炕上一搁，问李全喜道：“听说你发烧，厉不厉害？”一面爬上炕摸摸他的脑袋，又问道：“你想不想吃东西？——不吃就睡吧，别胡思乱想，给自己添病。”转过脸又问马铁头道：“有尿盆没有，给他找个吧。黑间冷，别叫他出去再闪着。几时他想吃东西，就替他擀点面条，多照顾他些。”说完轻轻走了，顺手带上房门。

李全喜一阵感激，差一点没掉下泪来。在家里，老的、媳妇也不过这样，自己倒闹情绪，抱怨这个，抱怨那个，实在对不住人。不过那个家真叫他撂不开。庄稼是不是都收回去了？下过好几场霜，园子里种的卷心白菜长得什么样啦？他挂家挂得要命，又骂自己不该挂家，翻来覆去闹腾半夜，不知几时才睡过去。

早晨一睁眼，满窗都是太阳光，照得他眼花。班里的同志早起来了，背包打得又紧又光，并排摆在炕里边，屋里一个人也没有，想是都出操去了。他翻了个身，叹了口气。马铁头从外屋迈进来，笑嘻嘻地说："你醒啦？出汗没有？我看你睡得挺香，也不敢惊动你。面早擀得啦，水也开啦，你先喝碗水，我这就下面你吃。"便忙着替他端水，一会又端进面来，擀得挺细致，面里还打了两个白果。

李全喜吃着面，心里真不是滋味，眼泪巴搭巴搭掉到碗里去。马铁头趁机问道："你难受什么？是不是想家？"

李全喜窝窝囊囊说道："我太落后啦，你们还对我这样好！"

马铁头劝道："这也难怪，谁乍离家，还不像丢了魂似的！哪个人也不能越了锅台上炕，都有这一步，过一阵就惯啦。我给你找了点纸，写封信回家吧。"

可是两个人都不会写，犯了阵愁，直等魏三宝从操场上跳跳蹦蹦回来，趴在炕上，拿舌尖舔着铅笔，好歹帮着写成。写完信，魏三宝一翻身仰脸躺着，两手扣在后脑袋上，望着李全喜说：

“你怎么老是愁眉不展的？换个人，家里分到地，乐都乐不够呢。你瞧瞧察南的老百姓，刚翻身，吃豆腐还扎牙根，又落到反动派手里。往常听人说：‘不消灭蒋介石，翻身翻不彻底’这个明理，现时我才懂了。你过去的日子，也够苦的，不要拔出锥子忘了痛，光图家里舒服。”

说得李全喜的脑门子渗出汗珠，抬不起头，半天半天吞吞吐吐说道：“我心里就是恼闷！……你知道我没打过仗，想起来有点发冷……”

马铁头喜眉笑眼说道：“艺高人胆大，胆子都是练出来的。你没见我头一遭打仗，又淋了点雨，一个劲哆嗦，使力憋气也憋不住。其实打仗也不算难，等你病好了，我教你。”

李全喜多一半害的是心病，心略微一松，第二天便跟马铁头出操去了。部队正抓紧战争的空隙上课练兵。操场上这里练投弹，那里练刺杀。跑步突刺，防左刺，防右刺，哇哇地叫得挺带劲。机枪班的战士拿手巾蒙着眼，练习不用眼装卸机枪零件。

马铁头领李全喜、林四牙来到块土坡前，比

比划划讲了一阵，教李全喜放枪。林四牙站在旁边，手发痒，直想露一手。马铁头看出他的意思，腾出地方说："来，林四牙，你放一枪给他瞧瞧。"

林四牙卧下去，瞄着前面的枪靶，一搂火，正打在红心上。马铁头叫李全喜也试一枪，他犹豫一会，也就趴下去，拿指头勾着发火机，心里扑腾扑腾乱跳，枪一响，子弹都不知飞到哪里去了。马铁头叫他起来，他却说："组长，让我再试一下。……"

从此以后，李全喜慢慢地也不那么死板了。杜富海可不放心，怕他开小差，老钉着他，也钉旁的战士。一见有人上茅厕工夫久了，杜富海就要假装解手，进去看看；黑夜睡觉，不管天多冷，总借口炕上挤不开，在当门口支起扇门板睡，堵着门。马铁头看不入眼，把这情形都对卢文保说了。卢文保跟杜富海个别谈了好几回，批评他不从思想教育着手的错误。杜富海把头一扭，只当耳旁风，心里想道："你去思想教育吧！不等你教育好，人早跑光了！"

李全喜发觉班长像个尾巴似的跟着他，寻思

自己是老解放区的战士，再不争气，也不肯开小差，呕着一肚子气。林四牙跟班长却是一个针尖，一个麦芒，谁也不让谁。

六

起先，马铁头觉得林四牙非常积极。你看他能说会道的，操场动作又熟练，打饭扫院子，事事抢着干，手脚利索得不行。日久天长，又觉得难于捉摸。你想跟他谈谈心里话，他光在嘴皮上说几句漂亮话，喀啷一声，心口插上道闩，关得风雨不透。

林四牙这人机灵倒真机灵，就是没用在正道上，有点奸滑。先前在河南当过保安团，又在十六军混了几年，满脑子灌的是共产党杀人放火，共产共妻一类邪魔鬼道的话。在怀来刚一解放，提心吊胆的，心想究竟活了活不了，碰运气吧。有人招呼他洗脸，给他熬粥喝，他倒想："也许是先顺着毛摸我，等我什么都说出来了，再料理死我！不管你有千变万计，反正我有一定之规！"自个是国民党员，单怕国民党点名册子弄着了，没有活命，便想跑。怎么跑呢？一个蛇蚤顶不起被单来，不如拉几个人一齐干，又苦于同屋的俘虏都是人生面不熟的，不敢轻易说出这个心事。这当儿，有个过来早一点的解放战士是他相隔二十来里的老乡，坐下来跟他闲谈。一谈谈到宽大政策，林四牙抢白道："你不用瞒哄我，我什么不知道！"心里可有了点底，猜想性命也许没多大关系了。过了几天，人家待情得挺好，问大伙愿意干什么。有的说愿意回家，林四牙挺着身子站起来说："我参军！"当时写了挑战书，带动许多人到了前线。私下里，他可这样想："问还不是装装样子！自个是炮灰里清出来的，不参军行么？刘备摔孩子，装假就装假！"从此表面上处处积极，骨子里可藏着另外一套花样。

补到班里，开头实在过不惯。吃的穿的，都不如意，规矩又多，吃老乡几个长生果也算犯纪律。傍晚全连点名，指导员几次表扬他工作积极，军事动作好，他就觉得自己那两手真了不起，眼睛里不大有别人。

疙瘩乔的眼风话口中间，跟他倒挺靠近，一次眼前没人，指着他的绿军装说："我看咱们俩准是一道的。"林四牙瞟了他一眼，也不搭理他。疙瘩乔又悄悄说道："反正咱们这些解放战士，天生比人家子弟兵矮一头！别看他们捧上天，其实是蜜糖嘴，刀子心，根本不拿你当人待。"

这话是真是假呢？林四牙当时不响，可存了心。碰巧当天大伙擦枪，李全喜伸出脚，指着一个疮说："你们看看，我脚上这么个疮，班长还叫我出操，能不能行？"杜富海嚷道："你说这话，就该把脸藏到裤裆里！亏你还是个翻身农民，连林四牙都不如！"

林四牙听了，好像有个毛虫掉到脖子里，浑身都不舒服。像李全喜这样的一个大脓包，还不应该不如自己？为什么要拿自己跟他比呢！心眼一不顺，别扭事都来了。冬天炕凉，马铁头主张大伙把棉袄平铺开，连在一起，垫着睡暖和。他认定这是故意叫左右的人压着他的棉袄，防备他黑更半夜开小差。一个人有事出去，猛一回头，准碰上杜富海的眼睛，他的心就烦了。

这天傍黑，点完名散了队，他对杜富海说：“班长，我要解手，你派个人跟我去吧。”杜富海说：“不用。”却偷偷地看着，眼瞅着他进了当街一个厕所，不上半袋烟工夫，忽然从后墙跳出去，撒腿就跑。杜富海这一急，立时叫起来，全班闹哄哄的，分头去追，哪追到个影？赶他们噪噪嚷嚷回到班里，进屋一看，林四牙先自回来了，挺安闲地坐在屋里，撮着嘴唇吹口哨。众人都僵住了，也有暗暗发笑的。马铁头半天才找出句话笑道：“老林，你真会开玩笑！”

林四牙把眼眉一皱，眉心皱起四条竖纹说：“还不知道是谁开谁的玩笑呢？我实心实意来革命，你们倒拿人家当贼待，世间上哪有这个道理？”

马铁头见他急了眼，拉着他的手笑道：“走，咱们出去蹓跶蹓跶。”林四牙甩着手不肯去，马铁头好劝歹劝，才把他哄出去。天黑了，有点风，挺冷。两人找个背风的墙角落蹲下去，抽着烟，烟头的火光一闪一闪的，喊喊喳喳好一阵。临了马铁头说：“哪个庙没有龇牙鬼？班长的缺点是不少，赶明天我把你的意见反映上去，帮助他进步。你工作积极，谁也不是没长眼睛。……”

林四牙接口道：“积极也是白搭！咱们这号人，横竖没有前途，也就是当一辈子兵，卖多大力气，死了算了！”

马铁头道：“你这可说错了。解放战士当连排长的有的是，不信我数给你听——”便说出一大串人名。

林四牙冷笑道：“人家跟咱又不一样，咱有政治嫌疑。你没见班长老在会上问谁是国民党员，明指的是我。”

马铁头道：“真是也没有妨碍，说了事情就完啦。”

林四牙想道：“你不用套我，一露馅，还不要了我的命！”眼一转，马上来了个心计道：“我是我就说，有什么怕的？反正我知道有几个三青团员，缩着头不吭气。”便扳着指头说了三四个怀来解放的战士。

马铁头钉问道：“你闹不错吧？”林四牙说：“还错的了？”一面从旁边悄悄看风色。那几个人先还不肯承认，林四牙出来作证，才没的赖了。这可该他们遭殃啦。可是一天两天，屁事也没有，自个肚子里装着块心病，反倒老不安稳。有一天指导员给全连上政治课，讲共产党的斗争历史。听着听着，林四牙的心里好像冷丁开了扇窗，这才明白共产党是怎么回事。下了课，他一把抓住马铁头的手说："组长，我要写退党书。"马铁头摸不着头脑，闹愣了。林四牙耷拉着厚眼皮道："我是个国民党员，我要退出国民党。"

心病一挖掉，又受到连长指导员的褒奖，林四牙干的倒真有几分起劲了。不过每逢听说解放军的力量多大多大，就不入耳。头阳历年，有一回指导员又讲胜利消息，说是豫北滑县一带歼灭了国民党两个整旅，他的汗毛直发麻，暗暗冷笑道："王婆子卖瓜，自卖自夸！解放军算个什么？无非是些土头土脑的土游击队，哪敌得过国民党的机械化兵团？打不过人家，地方丢了，丢就丢了吧，还卖乖说不在乎一城一地的得失！瞎猫碰上个死耗子，碰巧歼灭几个敌人，就吹牛说连旅长也俘虏了。人家一个旅长有多少卫队，听你那一套？”

他正在心里冷嘲热骂，通讯员小张慌里慌张跑到卢文保跟前，递上一张连长写的拧成个花的纸条。卢文保拆开纸条扫了几眼，望着大家说：“任务来啦！现在提前吃饭，准备行动。”

林四牙耳朵尖，恍恍惚惚听见野炮响了。

七

平地上，没有山挡着，野炮能听四五十里地。战士们一时紧起来，武器弹药拾掇好，塞饱了肚子，班长领着头擦枪，准备战斗。这种时候，大伙最喜欢瞎猜，你一言我一语的，揣测着情况。这个说：“咱们倒是往前走，还是往后走呢？”那个说：“杀了我的头，我也不退了！光说不怕丢地方，没地方，你吃什么？”第三个人又说：“你听，炮紧着响呢，找上门来欺负你！”疙瘩乔侧着耳朵听了一回道：“还是美国炮呢！原子弹要拿出来，一炸广岛一个岛，更够咱呛的！”杜富海把大枪在地上一顿骂道：“放你的屁！你几时叫美国鬼子操怕了，净说没影的话！”

傍黑了，司号员嘀嘀嗒嘀嘀嗒吹起紧急集合号来，战士们跑步奔到集合点去。马铁头百忙里跟房东老大伯说了道别的话，然后才走了。队伍一到齐，连长亮开粗嗓门说：“敌人起保定出来啦，有三个团。一个是五十三军的三八八团，是蒋介石他美国干爸爸装备的，再有刘化南的两个杂拌儿团。眼时正向满城进攻，已经到了北大流那一块，离城还有二十来里。你们想不想报仇？想不想过个好阳历年？”

战士们雷似的应道：“想！”

连长直着嗓子喊道：“想咱们就先开开晕，吃掉敌人再讲！”说完一挥手，带着队伍就走。

路挺黑，越往前走，炮响得越厉害。疙瘩乔走在林四牙背后，说起小话道：“前方打得一定很急，你瞅吧，一会准拿咱解放战士挡炮眼！”

林四牙早先也听说过什么逼着解放战士身上绑炸弹去炸地堡。可不可靠呢？是也罢，不是也罢，经一回战斗再说，死不了另想门路。临到离北大流八里路光景，队伍开进一个村，坐到道边上休息，等候命令。街上黑鸦鸦的，挤满了兄弟部队。有的战士走乏了，靠在墙上打起呼噜来。后边上来的人马弹药，不断地往前开。炮正在钢钢地响，有敌人的，也有我们的，红光一闪一闪的，东北方一会照得锃亮，一会又变得漆黑。林四牙心想："平常不出眼，解放军的队伍还真不少呢。"再一看，有些老战士正拚命鼓大伙的劲。是不是想叫我挡炮眼呢？心里直犯嘀咕，就想试探试探口气。炮火一闪，看见龙起云从人缝里挤过来，他就故意站起来要求突击任务。龙起云拍拍他的肩膀说："有种！一会听指挥吧！"还是没试探出个道理来。

天亮以前，队伍继续朝前开，离北大流三四里路又停下了。林四牙正在思疑不定，龙起云叫大家先挖工事隐避，防备天亮来飞机，指导员也吩咐炊事员煮山药粥喝。他们做了预备队。

李全喜一接近火线，吓迷了，东西南北分不清。炮火够吓人了，平空又添出一小团一小团的红光，像鬼火一样，四处乱飞。这是些什么玩意呢？马铁头告诉他说："那是发光弹，黑夜能看弹落点，并不厉害。你跟紧我好啦，保险没事。”李全喜就像个不识数的小孩，半步也不敢离开马铁头。一个眼错不见，便急得哇哇地叫组长。挖工事本来是笨手活，下惯庄稼地不难做。李全喜心慌，地又冻了，挖了老半天还藏不住个人。马铁头把自己挖好的让给他，又接手挖他的。

李全喜一钻进坑里，缩着头再也不出来。山药粥熬熟了，炊事员送上来，叫吃饭。李全喜心慌得哪里吃得下，又怕一探头，炮弹子弹碰着他。马铁头说：“打仗这事情，吃一顿算一顿，下一顿不定什么时候才沾嘴，可不能饿着。”便给他盛了一碗送过去。吃完饭，东方天也亮了，一架小飞机出现在灰蒙蒙的天空里，绕着北大流直打旋，脑袋猛一低，一头扎下来，嘎嘎嘎嘎一阵机枪，仰着头又窜到云彩里去。李全喜的厚嘴唇都吓白了，飞机一走，急忙说道：“组长，我肚子坏了，要跑肚！”哈着腰跑到一块土坡后，空蹲了半天，又回来了。林四牙笑道：“你不是跑肚么？我看你是吓的。”

李全喜吃不住劲了。他这个人，不说话就不

说话，说起话来一杠子也能打死人。只听他嘟囔道：“你们不怕死，为什么缴枪？”

林四牙唰地变了脸说：“打人不打脸，揭人不揭短，我也没挖你家的祖坟，何必这样？”

马铁头急得两边摆着手笑道：“算啦算啦！看你们都像小孩子，闹着闹着就恼了！”又对林四牙说：“他没经历过，你也该帮着他点，别光笑他。”这一来，林四牙虽说受了批评，倒也有脸，气也就消了。

可是前边究竟怎么回事呢？我们的大炮轰隆轰隆紧响，折腾了大半天，光见往下抬伤号，还是没解决战斗。龙起云耐不住，见到伤号便打听消息，才知道攻击的部队过分迷信炮，总盼望炮火先把敌人的前沿打烂了，再发起冲锋。冲锋时上得又慢，几次叫敌人反突下来，伤了些人。赶过晌，有人喊道：“贾团长上来了！”这是个经过十年内战的老红军，小个子，眼神非常灵活，显然是个判断力很强的人。他带着两个警卫员，走得挺快，扑着营指挥所去了。炮火一时停了。老战士都明白这是团长在重新组织火力。果真不错，个把钟头后，炮又响了，轰得烟气腾腾的。就在这个节骨眼，冲锋号吹起来了。……

冬天日子短，早黑了。龙起云这一连人也开上去，准备投入战斗。村里敌人慌了神，直打照明弹，亮光里照见离村沿一百米达左右，躺着三个战士，不知是牺牲了，还是挂了花。杜富海这个班接受了个轻任务，叫去弄下那几个同志来。一个战士跑到半路上，被敌人发觉，中了机枪，跌在那儿不动了。

杜富海拧起两道扫帚眉，脱下棉袄往地上一摔，咬着牙骂道："操他个奶奶，我上去!"哈着腰就窜出几步去。敌人的机枪一响，他朝前一扑，就地几滚滚上去。照明弹照得雪亮，子弹扑扑地打得他四围直冒烟。杜富海也不动了。战士们惊得瞪大了眼，喘不过气来。几分钟后，照明弹灭了，忽然看见一团黑影像个车轮子，忽忽地滚下来。原来正是杜富海。他坐起身，撂下三条枪说："都牺牲了!"便要了根绳子，在敌人的照明弹底下，冒着子弹滚上滚下，不歇气地把三个烈士都拖下来。末了又滚到那个刚刚打倒的战士跟前，伸手一拉，那个战士哼起来道："班长，我不中用啦……你不用管我了！"杜富海说："什么话？我不管你还算个人！"就把那战士背到自己身上，爬起来便跑。子弹贴着他的头皮乱飞，他喘得嗓子眼冒烟，东倒西歪地跑着，跑几步一个筋斗，跑几步一个筋斗，力气差不多用干了。

林四牙早看呆了。平常总恨"花机关"光会骂人，到了腰眼上，竟这样仁义，从来也没见像解放军这样团结的！人家好赖是个班长，还这样不要命地干，自己倒狗眼看人低，净拿坏心揣度人！他的心一阵翻腾，说不出的难过。

这工夫，敌人忽然打了两个信号弹，一个绿的，一个红的。贾团长从营指挥所传出命令，判断敌人准要突围，叫队伍立时冲。李全喜正缩着脑袋蹲在工事里，马铁头戳了他一下说："敌人要跑了，冲锋的好机会来啦！"李全喜探出头一看，到处净自己人，哗哗地往上跑，他也就夹在马铁头和林四牙当间，跟着跑。

敌人正集合在村里一条街上，黑糊糊的一大片，预备突，冷不防四外叫道："交枪交枪！"猛一惊，许多敌人颤着音叫道："是，是，我们交枪！"也有想跑的，手榴弹就撩过去。马铁头等撵着几个散兵，满野地跑。马铁头撩手榴弹，李全喜也撩，可是他撩的都不响。马铁头一边跑一边笑道："你不打开保险盖就会响啦？"李全喜说："那不炸了自己啦！"马铁头打开个手榴弹的保险盖，递给他。他接过来一扔，果真炸了，还炸倒个敌人，乐得跳了跳脚道："打仗就这样打呀？往后我也行喽！"马铁头说："你看你的胆练得也不赖歹了。"他们俘虏了那几个散兵，回头一望，村边敌人的小地堡都点了火。

俘获的又是美国枪，又是美国炮，还有反坦克枪。战士们七嘴八舌地笑着嚷道："不是说美国装备厉害么？怎么像块嫩豆腐，一滑溜就吞下去啦！"也有人说："赶明儿该换武器了，咱们也变成美械化了！"

马铁头拿起枝美国枪，上上下下端量着。魏三宝从旁边一把夺过去，朝天噻地放了一枪，眉花眼笑地说："震动力不算大，就是苗子太短，拚刺刀不及三八枪！"马铁头咧着嘴说："这行子啊，老太太赶集，有限（线）!”

但在战后总结这次战斗经验时，上级首长认为打得不够坚决，才增加了伤亡，号召以后要发扬中国红军的顽强精神，提倡猛打猛冲猛追。龙起云拍拍宽胸脯，望着卢文保笑道：“这一仗要包给我呀，管保不会出这个毛病!”

八

自从北大流这一仗后，战士们尝到了歼灭战的滋味，一听说有敌情就磨拳擦掌地叫着“吃掉它!”可是敌人在保定一带挤了个大疙瘩，我们也挤了个疙瘩，两边扭来扭去，老不能下手。战士们急了眼，每逢听到友邻地区的捷报便嚷道：“人家净是吃香的喝辣的，咱们这算干什么，光跟敌人顶牛，顶得头昏眼花，连牛骨头也啃不上!”高级首长及时改变了作战计划，决定“先打分散孤立之敌……”就在阴历大年初一，拉着队伍往南便走，直奔着定县的敌人扑去。

傍黑出发，天正下着大雪，飘飘扬扬的，北

风一卷，迷得人睁不开眼。大雪坎子一二尺深，一脚插进去，直湿到脖罗盖。雪又硌脚，许多新战士腿没跑惯，不会走路，脚都打了泡，远呀累呀瞎嘟囔。李全喜一边走，一边喘粗气，队伍过村时，看见有的人家带着灯纺线，白纸窗上映着灯光，真想敲开门进去暖暖。马铁头瞧他一拐一拐的挺吃劲，把他的背包和枪都抢到自己肩膀上。李全喜好难受。人家组长不累呀，待咱这样有恩情，便硬挺着跟上去。

疙瘩乔一路不住嘴地发牢骚："这算什么战？简直是瞎拉扯着玩，拿着人当狗熊耍！"

马铁头说："这就叫运动，运动不灵，就缴不到大炮。"

疙瘩乔冷笑道："哼！大炮没缴成，先缴了一脚小炮（泡）！"瞅人不看见，好几回拿拳头戳林四牙。

林四牙头也不回，只装不知道。前些天，疙瘩乔老告诉他解放军怎样怎样苦，几次拉拢他开小差，还说："要在北京，进戏园子，吃饭馆子，多自在！在这，可倒好，穷得咱一个大钱没有，一个大地方去不了，有钱也买不到东西!”又说：“铁打的营盘流水的兵，吃粮当差，哪里不是一样，何必单在这受罪?”林四牙故意吓他说：“要跑咱们就带枪跑。”疙瘩乔伸了伸舌头说：“带枪可是死罪呀!”林四牙说：“你怕死还跑什么?”可也没对马铁头汇报这件事，自个肚子里另有划算。这回走在路上，心想先前在国民党那边，说声走，迈迈腿就上了火车汽车，两脚不动地方，转眼千儿八百里。这可倒好，光靠两条腿没昼没夜地死走，有什么指望。越往南离家越近了，能打下定县就干，要是打不下来，可见解放军势力还小，队伍尽管是好队伍，出路不大，也没干头。千顷地，万顷庄，也是为了吃穿，那时不如回家当老百姓，混口饭吃。

龙起云的精神可正鼓得十足。任凭风吹雪打，你看他略微偏着个通红的大脸，依旧像飞似的走在前头，有时脚一滑，咕咚地摔倒，两手只顾护着枪，爬起来说：“摔了人不要紧，可不能摔枪!摔坏枪，战斗上人也吃亏!”接着又走，旁人跟不上他也不理，惹得疙瘩乔嘟嘟囔囔说怪话：“我看咱们连长八成是兔子做的!”

龙起云这时巴不得长出两只翅膀，一飞飞进定县城，把敌人捂在窝里。当夜人不歇脚，马不停蹄，直撵到定县城边，四面大军都围上了，围了个风雨不透。城里的敌人耳闻有点情况，做梦也料不到解放军会上来得这样快，天亮一望，雪停了，到处白茫茫的，积雪照得人眼发花，连一个解放军的影子也不见。其实解放军个个人都翻穿着棉袄，白袄里跟雪一个颜色，悄悄隐藏在四外村里，睡足吃饱，正准备黄昏攻城。

卢文保抓紧空隙，先召集了党员大会，号召每个党员要在战斗里拿出冲锋在前、退却在后的精神，带动群众，接着又开了全连的动员大会。龙起云布置了战斗任务：一排抬梯子，二排爬城，三排做预备队。马铁头是一排的战士，当时蹦起来，挺着胸脯，像只大公鸡，对二排挑战说：“我们保险安上梯子，送你们上城!”二排像回音似的即刻应道：“只要你们安上梯子，我们准上城!”开完会，卢文保约龙起云去看地形，走到村外，只见一铲平地上雪铺冰盖，远在几里外的定县城墙显得格外黑。龙起云瞭了瞭，停下脚说："这个地形，一眼望到头，看不看不吃劲，还是留着力气等打仗吧。"便半路退回去了。

顶太阳压山，一排二十多人扛着梯子悄悄运动到离城半里来路的一块坟圈子后。大梯子是由两截梯子绑在一起的，足有两丈五尺高，上下两头都有轱轮，上边那头还挽着根粗绳子。马铁头力气大，出名的半匹牛，扛梯子排头第一位。杜富海专管拉那根大绳子。炮手刚试罢了两炮，掩护攻击的轻重机枪还没准备妥当，龙起云急得像团火，一个劲挥着手叫："冲啊！冲啊！"

号令一下，这个排扛着大梯子就上。眼前一片大平地，到城墙还有七八十弓，天不黑，又没有炮火掩护，城上的敌人看得真真的，自然开了火。一个战士倒了，跑着跑着又倒了一个。……有人趔趔趄趄的想靠后退，马铁头像支箭，扯着梯子硬往上抢。积雪一脚深一脚浅，子弹打得雪冒了烟。李全喜的脚插到雪窟窿里，使力一拔，拔出个光袜底，急得咋唬道："组长，组长，我的鞋掉啦！"马铁头只顾上说："不要叫！不要叫！

掉了一会再找。”眼看跑到城根底下，再加几把劲，就能搭梯子了。马铁头打了冷战，绕着原地打起转来。

原来前面挡着条护城河，水没冻严，靠边的冰凌上漫着层雪，衬得河水像墨一样黑。谁也没料到有这条河，一时过不去，弄得抓了瞎。城上打得更急，又有几个人撂倒了。杜富海急得骂道：“你们乱个什么劲，还不赶紧趴下！”大伙就轰的一声扑到雪地上，拿出小铁锨忙着做工事。

龙起云在后边还是亮着粗嗓门嚷道：“上啊！上啊！怎么不上啦？”

杜富海探着短脖子照量照量护城河，皱着扫帚眉叫道：“把梯子搭到对岸上，架个桥！”

马铁头听说一声，朝前猛一蹿，顺着挺陡的河堤溜下去。冰冻得太薄，架不住人，哗啦地碎了，他的两腿插到河里，水齐到脖罗盖上。林四牙心想：“要死也不能装孬包！”跟着滑下去。紧接着魏三宝等几个战士也扑腾扑腾下了河。天色已经黑糊糊的了，城头上的敌人乱嚷乱笑，机枪对着河心一味地扫射，压得他们不能动弹。炮又响了，只见刺溜刺溜一道火光，轰地一下，正在城根底炸起一大团尘土。这不像敌人的炮，倒像自己的。果然不错，跟着炮就不停了，都砸到城顶上去。敌人的火力被压得稀稀拉拉的，趁这个节骨眼，马铁头领人趟着齐脖罗盖深的冰水，把梯子的一头撮到河对岸上。这样一来，爬城的云梯横搁在护城河上，恰好搭成个桥。剩下的人踏着梯子跑过去，二排的战士也趁机过了河，各自挖个坑隐蔽好。

马铁头领着人在水里蹚来蹚去，又帮着岸上把梯子运过河去，才爬上岸，棉裤里外都湿透了，冻得直打战。远远近近，枪炮连成一片，黑糊影里，净看见一闪一闪的红光，总攻开始了。马铁头忘了冷，立时夹在众人当间去架梯子。大伙一撮，杜富海憋着气一拉绳子，云梯前端的轱轳顺着城墙滚上去。接连又是几撮几拉，梯子便搭好了。二排的战士拥上来，猴子爬竿似的一个连一个爬上去。刚到半腰，当头的战士中了枪，一撒手滚下来，打得后边的人忽隆忽隆都跌下去。

马铁头动了火，一手拿着手榴弹，抓着梯子

往上就爬，后边紧跟着又上来许多人。城上瞎打枪，也不看目标，慌得不行。马铁头冒着子弹爬到顶上去，左手扳着城墙，刚要朝上翻，不想人多梯子不牢，只听喀嚓一声，当间压断了，连人带梯子都摔下去。马铁头的两脚落了空，身子一坠，丢当几丢当，急忙把右手的手榴弹摔上去，一把也扳住城墙边，悬空吊在那儿。城上敌人的动静，听得清清楚楚，只听有人呼呼地喘着粗气说："好险，好险，打下去啦！"也不知挂了多大工夫，马铁头只觉得手冻得发木，胳膊腕子又酸又软，一时一刻也熬不住了。我们的炮紧响，砸得城墙一震一震的，他的身子也震得乱颤。掩护登城的机枪又响了，子弹一溜歪斜从他头顶飞过去。他急得乱蹬脚，只想用脚尖找个砖缝缓缓力气，忽然触到个什么硬实东西，马上明白这是云梯绑好又顺上来了。他的精神一振，力量凭空添了十倍，脚踏着梯子，从腰里拔出手榴弹，飕地撂上去，爆炸一响，趁势跳上城，就地一滚滚到旁边去，接连又扔出几个手榴弹，炸倒了眼前的敌人，占领了阵地。这当儿，战士们不断地涌上城，轰轰地直扔炸弹，立时朝两翼扩张。有人点了支信号，一道火光冲上天去，但见漆黑的天空亮着一团火，越坠越长，转眼变成一条金龙。东城上照样腾起一条火龙，知道那面也攻破了。马铁头领着人正往左压缩敌人，一颗手榴弹正巧打到他的头上，懵了，东倒西歪退后好几步，那颗手榴弹也就炸了，碎片子扑着他飞来，把他打了个大斤斗。他的脑子忽忽悠悠的，先还听见战士们冲锋喊杀的声音，一会迷迷糊糊的，什么不知道，死过去了。……

赶天亮，战斗结束，敌人全部被歼灭，部队撤到四围乡村里吃饭睡觉。卢文保又困又乏，眼皮子直打架，单好使草棍支起来。他顺手捞起把雪搓了搓脸，清醒些了，像条鱼似的串来串去，转到各排各班去检查伤亡，整顿组织。一排只剩了十七八个人，个个滚得浑身净泥，炕上炕下倒满了，呼噜呼噜睡得正酣。排长跟杜富海夹在人缝里，轻言轻语地合计事情。卢文保问过伤亡情形，又打听马铁头。杜富海两眼血红，胡子扎煞的像个刺猬，摇摇头说："怕是完了！"抬下的伤号不见马铁头，尸首也不见，也许埋到炮弹坑里去了。卢文保又问战士的情绪，一排长说："打了胜仗，情绪倒是挺欢，就是伤亡大，有些人对连长指挥上有意见，觉得太冒失。"

卢文保立在那儿不言声了。高颧骨像是一对小山，耷拉着又深又黑的大眼，又显出那副深思的神情。这话恰恰碰了他的心，当时也不多说，又到各班走了一阵，然后回到连部。通讯员小张打回饭来，叫连长吃饭。龙起云正贪睡，一摇他的腿，呼啦地坐起来。这是老军人的习性，睡也睡得警醒。他用大手揉揉眼眵，拿起饭碗，望着卢文保笑道："老卢，你怎么老像猴子一样精神，也不知道困？"

卢文保答道："我是挂着班里的事，才去转了转，士气还不坏。"

龙起云乐得用大巴掌使劲一拍卢文保的肩膀，亮开粗嗓门笑道："自然不坏喽！这一仗打得总算硬吧？"

卢文保淡淡地笑道："硬是硬，就是伤亡大，没做到'消灭敌人，保存自己'的地步。"

龙起云显得有点不耐烦说："你怎么学得婆婆妈妈的？吃饭还拉搭米粒，哪免有一星半点伤亡。"

卢文保说："要看伤亡能不能避免。你打仗猛是猛，一点不含糊，可就有点粗枝大叶。不看地形，准备得也不细，弄得净出错，这个仗打得就没有准备，没有把握……"

龙起云把筷子一放说："你真是四十里不换肩，抬杠好手！这是你的意见么？"

卢文保说："还不止是我自己的，许多战士都有这个意见。"

龙起云生气道："我过去也没听说过，单你一来，事就多了。不管怎么说，你提三百六十遍，我也不听。带兵要没个正主意可不行，你这是扰乱干部的决心，做了战士的尾巴！"

卢文保说："尾巴不尾巴我不知道，反正我们不能不听群众的意见，这是个原则。"

龙起云急红了脸，一下子在炕上站起来，嚷道："你懂得什么叫原则？我当排长那时候，你还是个兵，难道我不比你知道的多！这样可成了极端民主化了!”

卢文保平心静气地笑道:“你这可是讹人的话。毛主席为什么还要当老百姓的小学生?咱们是一个人看好几百人,战士是好几百人看一个人,毛主席就是能听群众意见。”

说的龙起云又笑了,坐下道:“好,好,你给我上起政治课了!瞧你啰里啰嗦的,还有点门道。”

可是卢文保明白连长并没心服。吃完饭,召开支部会,检讨这次战斗,转到评伤亡,卢文保又提起这篇话,着重批评了连长的粗心主观,还说要是不能发挥士兵的民主,连队样样工作也搞不好。旁的人也当面对连长提出了批评。龙起云是个直肠子人,打仗勇敢,一旦回过劲来,改正错误也勇敢。卢文保最后问他:“你说对不对?”他光是笑。卢文保追问道:“你笑什么?到底对不对呀?”他把腰一挺道:“我现在没说的,骑驴看唱本,走着瞧吧!”

正在这时,街门口有人大声问道:“这是连部么?”接着是许多脚踩得雪咯吱咯吱响。卢文保立时迎出去，却见四个老乡抬着扇门进来，上面用棉被盖着个人。他跑上去揭开被一看，竟是马铁头。原来马铁头的天灵盖和大腿全挂了花，当时昏过去，赶缓醒回来，同志们都冲下城去，往街心压缩敌人去了。他又冷又痛，想动一动，一翻身滚下城坡去，滚到一家种菜园子的老乡门口，又跌了个半死，哼哼呀呀地叫人。老乡隔着门问明白是解放军，急忙把他救进屋去，给他包伤，喂他鸡蛋吃，体贴得什么似的。天一明，就找了几个邻居抬着他往部队送。可是他一定要回原部队，绕了许多冤枉路才算找到。

卢文保赶忙动手把他抬进屋，又派人到村里去要担架，准备送他到后方去住医院。马铁头硬撑着抬起身说："指导员，别送我走！……我的伤不重，随队休养几天就好了。"实际他的伤可真不轻，血流得又多，那张长方脸本来黑里透红，现时变得煞白。卢文保好歹把他说服，花钱买了点团粉，冲了一碗喂他吃了，又叫卫生员给他换了换药，然后才送他走。李全喜、林四牙等人也赶来送他。他却像小孩初次离家，难舍难分，拉着指导员的手，望着众人，眼泪转在眼圈里，差一点没掉下来，老重复着一句话说："大家千万给我来信哪！"

九

马铁头叫人抬着走了两天，一站倒一站，每站都有村里妇女端水端饭，关心着痛痒，最后到了后方医院。医院就设在安国的一个小乡村里，病房都是农民临时腾出的屋子，收拾得干干净净，窗也用白纸糊得严严实实的。马铁头的伤本来不轻，路上又受了点风，一到就发起高烧来。迷迷糊糊当中，也知道医生来给他治病疗伤，卫生员给他打饭换药，出出进进还常见两个妇道人家，一个青年，冷啊热的照应他。这天晚间，热退了，心里清醒些，嘴是苦的，觉得肚子有点空，想吃东西，睁眼一看，桌子上点着盏棉花籽油灯，灯影里坐着个花白头发的老大娘，正在上一只纳得挺结实的军鞋。他才一动弹，老大娘连忙搁下鞋走到炕前，笑着问道："同志，你好点没有？饭坐在锅里，想不想吃？”

马铁头点了点脑袋，老大娘回过脸去，朝着对面屋大声说道：“你先不要纺线了，给同志把饭端来吧。”

对面屋应了一声，呜呜响着的纺车立时停了，不一会门帘一撩，走进个粗手粗脚的媳妇，端着碗热腾腾的京米稀饭，随着又闪进个刚成年的半大小子，闯闯辣辣的，也学大人的模样，叼着根小烟袋。那个半大小子挤上前来，动手要扶马铁头坐起来吃饭，可是手脚重，不小心弄痛了病人头上的伤口，惹得老大娘骂了一句，亲手来扶病人。马铁头喝了几口粥，又躺下去，望着老大娘轻轻说道：“唉，太麻烦你们了！几时等我养好了，再报大娘的恩吧。”

老大娘道：“都是一家人，别说这样见外话了。我儿子也在野战军里，跟你一样，你知不知道他在哪呀？”

那个粗手粗脚的媳妇笑道：“人家同志连他的名字都不知道，怎么会知道他在哪儿？”

老大娘就笑着说：“可也是，我真是老糊涂

了！我那儿子小名叫喜子，大名叫李全喜。”

马铁头听了一愣，还怕是重了名字，细一追问，才知道这果真就是他班里那个李全喜的家。那个粗手粗脚的妇道人家正是李全喜的媳妇，愣头愣脑的青年是他兄弟，小名二愣子。再一打听魏三宝，原来就住在斜对门，家里光剩叔叔婶子了。李全喜阖家人一听说马铁头跟李全喜的关系，变得格外亲热。当时已是三月末，天气还冷，一天三顿饭，有两顿火烧到马铁头睡的炕里。不管是焖粥还是焖山药，总端一碗到马铁头枕头前，好心好意劝他吃。马铁头连伤带病，虚弱得厉害，汤饭水药，不用开口，一家人都抢着替卫生员做了。

全喜媳妇更能耐，炕上炕下，家里地里，样样拿得起，赛过个男人。也不用村里代耕，有活就跟二愣子一块下地，要不就听她摇的纺车呜呜响。她几次对马铁头说：“你们在前方打仗，俺们妇女要是好吃懒做不生产，哪对得住人！”

马铁头告诉她李全喜怎样挂家，怕荒了地，老大娘啧啧着舌头说：“用得着他挂！那孩子天生是老太太的脚指头，窝囊一辈子！明天写封信告诉他，他连他媳妇的小拇指头也不敌呢！”

提起写信，马铁头心里乱糟糟的，不能安全。这些天，也不知军队开到哪去了？每逢见了医生和卫生员，不断地问，一点音信也没有。日里夜里，吃饭睡觉，无时无刻不巴望指导员他们的信，巴望久了，难免埋怨起来，以为同志们忘了他。有一天，麦子长得没脚脖子深了，二愣子闯到他的炕前说：“你知道么，老马，队伍八成往南开啦，老百姓的担架都奔着西南去了。”

他娘一听这信，急了，拍着大腿说：“哎呀，队伍一走，要是保定敌人出来，咱们这块不又遭殃啦！”

马铁头可另有一番见解。老跟敌人在保定一带顶牛，实在不是事。上级三番五次说要打运动战，这回兴许运动开了。从此以后，他不再盼信，天天光盼着胜利消息。这倒没叫他空盼。梨花开的时候，打下京汉线南段的正定，麦子秀穗的当儿，又打下正太线上的井陉、娘子关、寿阳等地，前后歼灭了上万的敌人，把个石家庄孤零零地陷在那儿。村公所天天有人站在房顶上，拿大喇叭筒子对全村广播，听得马铁头心都飞了，恨不得马上赶到前线去。单恨自己的啰嗦伤，经过一场病，身板骨软，格外不容易好，到于今刚能拄着拐杖迈几步。

这些好消息也给村里添上把火。交公粮，做军鞋，出担架，更撂不下生产，忙得大伙没一刻闲空，像打仗一样紧。赶六七月，村里又进行土地复查。正是雨水勤的时候，庄稼要锄，全村人就白天下地，黑间一筛锣，都集合到村头大庙里开会。有好一阵子，全喜媳妇和二愣子跟马铁头连话也说不上几句，天一亮，小叔嫂子带着露水去下地，两顿饭在地里吃，傍黑回家，胡乱填饱肚子，脚不沾地又赶到大庙去了。全喜娘也是忙得滴溜转，烧饭送饭，都是老婆子的事，马铁头更分她的心，照应的跟从前一样，有空就坐到炕边上，做着针线，念叨些复查的事。有一回学着区干部的口气说："这也是打仗嘛！消灭封建，不卖力气哪行？"又说："土地改革起初可有点二五眼，大地主掏出些地，像拔了根汗毛一样，照样抖威风，嘴巧的都给编成歌啦，说什么：行走骑着高头马，摇摇摆摆赛活神，水晶石头架子镜，画眉笼子有人抡……又是：九间九进朝王殿，七间七进宝厦厅，一对棋杆一对棍，一对狮子把大门……编得真是活灵活现。这回老天爷有眼，可灭了地主的威风，顶多给他们丢下点吃喝，剥削穷人的东西都得归还原主。真是冤有头，债有主，世界上也算有了公道！”

马铁头先还听她说话，后来竖着耳朵，光听远处去了。正赶上顺风，只听见大庙里又拍巴掌，又喊口号，一会还敲锣敲鼓，会开得正在热闹头上。土地改革做的一到家，你看老百姓的情绪这个高啊！努力山成玉，同心土变金，前后方一齐心，还会不打胜仗？顶叫他牵肠挂肚的还是军队。他心眼实落，别看打仗像猛虎，一想起连里那些同志，比小孩还软，难过得直想哭。第二天见了医生便要求归队。医生说他伤没养好，不答应。他急得说话都结巴了，又用好话哄愚医生道：“我真好了嘛，不信走给你看看！”便不听人劝，也不拄棍子，硬到院里来往走了几趟。可是腿有点软，头更发晕，要不是医生把他扶住，险乎没跌倒。

隔不几天，军队上到底有了信啦。那是纵队给魏三宝家捎的报功信，说是魏三宝在井陉立了大功。区公所打发专人把信送来，还要给魏家送匾庆功。这天大的喜事一时轰动开了，送匾那一天，村里比唱戏都热闹，男男女女，老老少少，站在街上尽等着看新鲜。

马铁头拄着拐杖，一早就坐到魏三宝家里，像个主人一样，乐得闭不上嘴，呱呱地净说他跟魏三宝在一块的事。魏大叔和魏大婶都换了一套新衣裳，屋里院里打扫得没一根草棍，听见狗咬就走出去瞧瞧。赶晌，村外传来了锣鼓音，小喇叭吹着“得胜令”，响得挺欢。马铁头跟着魏大叔迎出门去，只见街上挤满了人，外村的也来赶热闹。一队锣鼓正排开众人走过来，后边是四个人抬着块匾，挂着彩绸，横写着“人民功臣”四个大字，再后边走着区长等许许多多人。

魏大叔闪到门旁，让匾抬进去，陪着区长走进家。贺喜的亲朋邻居哄地拥进院，拥进屋子，里外挤得满满噔噔。抬匾的七手八脚往正屋迎面墙上挂匾，有些上年纪的人便瞎三话四，说七道八地议论起来。这个说："你看三宝那孩子，才是几天还光着屁股绕街跑，鼻涕抹着个蝴蝶嘴，现在就中了武状元，你说稀罕不稀罕?"那个道："这也是他老人坟地出的。他爹他娘埋的真是地方，两条大道是轿杆，坟坐在当中，主着出贵人。"第三个又道："怪不得头几天黑间一个星星呼啦地落到村里来!"年轻人忍不住哈哈大笑，嘴直地高声笑道："别说这种落后话啦！成神不论人，修行在个人，这是人家三宝拿血汗挣的功劳，星星不星星有什么相干!"

一点不错。区长立起身报告立功经过时，从怀里掏出张纵队捎来的油印报纸，照着上面记的事情念起来：

> 这次南线战役，队伍甩开保定的敌人，集中兵力攻击南线，是我们争取主动的起点。魏三宝在连续作战当中，不怕疲劳，不怕牺牲，还用团结友爱的精神感动了落后战士疙瘩乔，立了大功。疙瘩乔是出名的怪话大王，

浪里浪荡，惯说破坏话，许多人疑心他有政治问题，指导员卢文保却一直主张用教育方式感化他。魏三宝是疙瘩乔的互助组长，主要的任务自然落到他的肩膀上。疙瘩乔见他年轻，蹦蹦跳跳打打闹闹的，带着十足的孩子气，时常冷言冷语刺他道："哼，你不过是新鞋新袜，两天半的新兵，成得了什么器！"要不就说："吃饭打冲锋，打仗就发蒙——我早看透你们的本领了！不用猪鼻子插大葱，在我面前装象！"魏三宝要强好胜，哪受得了，可是他现时是个党员，转变落后战士是党给他的任务，就压下一口火，也不记恨，照样接近疙瘩乔，倒把疙瘩乔当成个老大哥看待，事事跟他商量。人总不是木头做的，日久天长，疙瘩乔倒也喜欢魏三宝性子爽朗，彼此渐渐有几分投契了。不过人心隔肚皮，里外不相知，魏三宝始终吃不透疙瘩乔是怎样个人。

打下正定的第二天晚上，旅宣传队演戏，疙瘩乔推说头痛，告假不去。魏三宝不放心，买了包烟，从伙房提着壶水回去，想找他谈谈。一进院望见他的影子在纸窗上乱晃，赶进屋，他可又躺在炕上装睡。魏三宝见他鞋上绑着带，头下枕的背包打得绷紧，有八九分明白他是要开小差，只假装不知，笑着叫他起来喝水抽烟。疙瘩乔翻身坐起，黑着个脸问道："你回来监视我做什么？"

魏三宝叫起屈道："你这话真冤枉人！我怕你闷出病来，好意回来看你，你倒说这个！"随着坐到疙瘩乔对面，给他倒水递烟，好言好语哄恿他，哄得他忍不住笑了。魏三宝就说："来，老乔，坐着也是坐着，你走过南京，到过西京，告诉告诉我你都见过些什么场面，叫我也开开眼。"

疙瘩乔正眼也不看他一眼说："你有屎去拉去，有屁去放去，别来缠我！我过的桥，接起来比你走的路都长，你算老几？"可是触动了他旧日的事，不觉夸起富来，说他家原来怎样是绥远隆盛庄的首富，住的什么，吃的什么，穿的什么，越说越有味，说到后来，又带着夸耀的口气叹道："我这一辈子总算也没白活，十岁上抽大烟，十九岁就娶了两房姨太太，吃喝玩乐，家业踢蹬光了，福也享尽了，混来混去当了兵，于今也算活该倒霉！"他屡次想开小差，心想当"国军"还能掏摸几个钱，再开开瘾，又一想跑过去早晚还不是得抓过来，就弄得恍恍惚惚，二心不定。这些话他没说出口，这晚间的一篇话却叫大家明白了他的来历根性。

打井陉那天，拂晓攻击，魏三宝参加了突击组，夺取矿上的一个大碉堡。碉堡围着道一丈多深的大沟，沟外是一层电网，两层铁丝网。战士们拿铡刀一连砍断两层铁丝网，对电网可傻了眼，不敢动手去破。魏三宝住过电料行，人又灵，先藏好一把包着橡皮的钳子，由机枪掩护着，跑上去三下两下绞断了电网，首先钻过去。前面就是那道大沟，上边有块跳板，敌人慌慌张张忘记撤，临时才发现，赶紧抢着撤，却叫魏三宝用手榴弹炸倒两个人。碉堡上的敌人红了眼，朝魏三宝乱打机枪。魏三宝趴在沟沿上，手脸全是血，也不知哪里挂了花，一味望对面打枪，不让敌人接近跳板，立待我们的战士纷纷窜过电网，踏着跳板跑过沟去，冲进了碉堡。天傍明，有副担架要抬魏三宝下去。这当儿，魏三宝发现疙瘩乔躺在电网旁边，前胸净是血，受了重伤，便一定叫人先抬疙瘩乔，还说："不要救我，先救他，他的伤比我重！"人在生死关头，感情最真。疙瘩乔躺在担架上，拉着魏三宝的手不放，似乎想说什么，脸上露出懊悔的神气，末尾才有气无力地说道："三宝……我真对不住你们！只要我不死……"可是赶魏三宝到绷带所时，疙瘩乔先一刻死了。……

马铁头听到这儿，浑身酥酥的，感动得不行。区长念完报，锣鼓喇叭又大吹大擂起来，老乡们争着给魏大叔魏大婶作揖道贺。个个人都是一脸喜色，只有全喜媳妇藏在人背后，脸色冷淡淡的，笑得也怪勉强，像有什么不顺心的事。

十

顶到散会，马铁头回去一看，全喜媳妇不知几时先回来了，盘着腿坐在院里阴凉地方纺线，头也不抬，避着脸不愿见人。二愣子逗她道："嫂子，你是不是想我哥了?"她翻了翻眼，一扭身说："我恨都恨不死他，还想他呢!"马铁头嘻嘻地笑道："这可不是实心话，老李现在要回来，你就不恨他了。"全喜媳妇是个泼泼辣辣的人，当时把纺车一撂，生气道："你这个同志怎么也不懂事？人要脸，树要皮，你看对门三宝家，庆功挂匾的，祖宗三代都光彩！他呢，可倒好，一千锥子也扎不出滴血，净给我丢脸，叫我见了人都挺不起腰来!"马铁头翘起大拇指头笑道："大嫂，你真是这样的！明天我见了他，非叫他替你立一功不可。"全喜媳妇又扑哧地笑道："你不用油嘴滑舌的，净讲驴粪球外面光的话！说正经的，以后你回到队伍上，可得多开导开导他，省得他不进步。"

马铁头果真准备走了。伤差不离快好利索，人还有点弱，架不住，他三番五次要求归队，医生只好答应替他打听打听部队的方向。事情也算凑巧，不出半月，碰上大队又从南往北开了。这时候早交秋凉，部队又在津浦线上青沧一带打了个大胜仗，抓紧空隙休整了几天，不等敌人喘过口气，现在又扑着保定以北开上去。头一天先头部队一露面，老百姓就知道要过大队了，凡是过路口的村庄都烧好几锅水凉着，街里摆着桌子，烧饼油条，鸡蛋枣子，堆的满桌子都是。马铁头这个村窎脚，队伍走不上，吃完下午饭，早早赶到大路口去等着，全喜媳妇和二愣子也挎着篮子吃食东西去慰劳。太阳落山的当儿，远处趟起烟瘴瘴的灰尘，一转眼工夫，凡是眼睛望得见的大道上都有了队伍，像是几个浪头滚过来，黑鸦鸦的不知有多少，比天上的星星都厚。近前一看，马铁头惊得变成根木头橛子了。这是原先那个队伍么？你瞧吧，过去一个连又一个连，一个营又一个营，一个团又一个团……战士们扛的不是三八大盖，就是美国式，净顶呱呱的好家伙。轻机枪，重机枪，六零炮，掷弹筒，看得够花眼了，不曾想又过来大炮，骡子驮的，大车拉的——还有八个骡子拉的大野炮呢，一尊又一尊，碾得地面乱震。离开军队才几个月，装备一下子这样强，难道说是从天上掉下来的？马铁头兴奋得直起鸡皮疙瘩，拉着一个战士问道："这些炮都是咱们的么？"那个战士笑道："原本是美国给老蒋的，现在可送给咱啦！"

从傍晚到半夜，月亮挂得多高，队伍还是忽隆忽隆地过，仿佛永没个完。马铁头认来认去，不见一个熟人，打听他那个团也打听不着，急得乱打磨磨。全喜媳妇早把那篮子吃食东西往战士口袋里塞光了，看看七星都要落了，就劝马铁头先回去歇歇，明天再找。

三个人带着月亮，一路走一路讲，回到家时，做娘的还没睡，正在灶口前烧水，一面跟房门坎上坐的个战士拉家常话。马铁头先只当是新来的伤病号，不想那人迎着他站起来。灯影里一端量，大耳朵，厚嘴唇，原来是李全喜。乐得马铁头跳上去抱着他的肩膀，拿拳头乱揍他说："操你奶奶，到处找你们找不着，你倒回家来啦！”

李全喜瞟了媳妇一眼，脸一红，驴头不对马嘴地回答着马铁头的话。马铁头心里一闪：他是不是开小差回来的？抱着李全喜的那只胳膊也就松了。

媳妇似乎也起了疑心，盯着他问道：“你怎么回来啦？”

李全喜半半截截说：“唉，唉，我一路没歇脚，连夜撵回来的。”

媳妇没好气道：“谁问你这个！你一没立功，二没受奖，难道还会披红挂彩，拿高头大马送你回来？我问你回来做什么？”

这几句话顶得李全喜真够呛。他本来是怕马铁头笑他想老婆，才显得不尴不尬的，老婆这一凶，弄得更难堪，窝了半天火，一赌气说：“我也不是自己要回来的！指导员看我离家近了，叫我回来住一宿，明天赶队伍，你们不高兴我这就走！”说着真做出要走的样子。

马铁头按住他笑道：“算了，算了，别耍牛脾气啦。”又望着他媳妇道：“你不是说老李一千锥子也扎不出血来，怎么叫你一锥子就冒了火？”

媳妇红着脸赔笑道：“我才见他蝎蝎螫螫的，还当他做了什么见不得人的事。”

李全喜叹口气道：“我当了这些日子解放军，好赖也有了点政治，难道还会开小差？”接着慢吞吞地说起他在正太线上无人区所见的情形，那里的老百姓怎样穷得吃树叶，屁股露着肉，饿得像金人一样。末了说道：“回头再看看咱们解放区，家家乐和和的，土地复查后更好了，自家槽头上也拴了只大叫驴。大家要不保田保家，万一敌人打过来，这好日子岂不叫人一脚踹了！”这篇话说得入情入理，听的人都挺顺耳。他娘瘪着嘴笑道：“你看喜子那么个笨人，嘴也学巧了，可见人是摔打出来的。”马铁头望着全喜媳妇笑道：“嫂子，你再敢不敢小视人了？请等着戴凤冠霞帔吧！”

马铁头插在一家人当间，说东道西的，正在热闹当口，鸡笼子里的大公鸡冷丁拍拍翅膀，喔喔地叫起来了。做娘的忙道：“哎呀，光顾说闲话，眼看天就亮啦。”便催大家去睡觉。

才眯瞪眯瞪眼，太阳就露了嘴。李全喜爬起

来，把水缸挑满，用土垫了垫驴栏，又把自己捎回来的小包袱撂给他娘说："这净是些破衣料裳，囫囵点的补一补，二愣子能穿，太破的你们留着打贝壳吧。"

吃完早饭，马铁头拿着医院开的介绍信，和李全喜搭着伴去撵队伍。出村不远，马铁头笑嘻嘻地说道："老李，你记得你刚到队伍上，高低也是想家，旁人还当你叫裹脚条子缠住了呢。"

李全喜心情顺适，心眼也变机灵了，蔫不唧地笑道："早先我有思想病，思想一开窍，病也自然好啦。"如今，他果然变成另一个人，行军打仗，总是吭哧吭哧闷着头干，不叫苦，也不显白自己。

十一

变的不光是李全喜一个人，马铁头当天赶回原部队后，碰见的净新鲜事。相熟的同志一见他，热乎得要命，单好把贴己话一口气说完。班里原先的熟人可并不多。疙瘩乔牺牲了，魏三宝在后方养伤，除了杜富海，林四牙，李全喜等人外，大半是生脸，多一半还是新补充的解放战士。这天恰巧休息，战士们歇过乏来，也不用杜富海发话，自各就去挑水扫院子，也有帮房东到地里收桃子的。卢文保像条鱼似的趋溜趋溜各班串，原不奇怪。龙起云也下来了，走到哪儿大说大笑，活像个顽皮的大小子。先前谁见他来看过战士？吃下午饭时候，班里凑出点钱，切了两大盘枣糕，欢迎马铁头。还没动筷，龙起云咕咚地跳进来，笑着叫道："啊，请客不请我，还瞒得过我！"端起一盘糕往外就跑。战士们拦住他不放，他用手抓起一块往嘴里填，其余的还给战士，呜噜呜噜笑道："小气死了，当我真抢你们的嘴！"又对马铁头说："吃完饭到连部来一趟，跟你有话谈。"笑着走了。

马铁头怕有要紧事，胡乱吃饱，放下筷子就跑去，却见龙起云在院里跟通讯员司号员等扳腕子，见了他乐得叫道："来，来，他们都不行，试试你的！"便跟马铁头角起力来。正扳到吃紧关口，卢文保走出屋子叫道："喂，别闪了你的杨柳细腰！”龙起云一笑，松了劲，就叫马铁头把手腕子扳下去。他不认输，吵着要再扳，卢文保说：“别玩不够了，谈点正经的吧。”三个人便坐到台阶上。

卢文保望着马铁头先开口道：“我们打算提升你做副班长，你的意见怎样？”

马铁头愣了愣道：“我怕不行吧。”

龙起云说：“别前怕狼后怕虎的，干就是了。老杜打起仗来，真是员虎将，就是有个花机关的暴躁脾气，做事不讲方式，你得帮着他点。”

马铁头立刻说：“上级叫我干我就干，我没有意见。不过我脱离部队太久，部队进步得又快，一时半时恐怕摸不着头。”

卢文保笑道：“水大没不了鸭子，你愁什么？南线战役加强了政策纪律教育，部队的情绪是比从前饱满多了。领导上说：‘要打胜仗，一半靠军事，一半靠纪律。’庄稼话也说：‘没有规矩不能成方圆’，这点你要牢牢记住。”

龙起云插嘴笑道：“老卢，你知道有个调皮鬼，背后叫你三八枪，因为你张口三大纪律八项注意，闭口三大纪律八项注意，天天点名唱歌，也唱：‘革命军人个个要记牢，三大纪律八项注意……’”

卢文保正正经经说道：“不这样紧重念着点就不行！——你有什么对他说的？”

龙起云拿大手摸摸方嘴巴子，想了想道：“别的先不说，反正我算认识军事民主的好处了。先前我总认为打仗讲民主是脱裤子放屁，白费一道手续。这回打南线，你看吧，飞雷，手榴弹绑炸药，掷弹筒平射，都是战士想出来的巧办法。三个臭皮匠，一个诸葛亮，光凭指挥员的脑瓜子呀，反攻就不容易胜利！”

反攻？莫非说反攻了么？马铁头听得真真的，探着脖子钉问道：“你说我们反攻了么？”

龙起云奇怪道：“怎么，难道你还不知道？头六月底刘邓大军过了黄河，咱们就转到战略进攻了。你看咱们说打哪里，哧嚓喀嚓一阵，就把他打的个稀里哗啦！照这样下去，我们越来越大，敌人越来越小，有一天，定准能把敌人歼灭个精光！”

马铁头听呆了，眼睛瞪得像灯笼，闪亮闪亮的，插嘴问道："这回咱们往北去，也要哧嚓咯嚓给他一阵么？"

龙起云哈哈笑道："不哧嚓咯嚓给他一阵，谁有闲空去蹓跶着玩？"

马铁头可又问道："明天就走么？"

明天队伍继续前进。

十二

队伍越过保定，到了徐水地面。一路上，你看战士们又笑又唱，走得可欢啦。怎么能不欢呢？刘邓大军过了黄河，再有三四个月，不过长江才怪呢。咱们的任务呢？拿保定！拿北京！好肥的羊肉摆在嘴边，哪个不乐？卢文保忙着解释道："大家可不能中了速胜论的毒！仗打得正紧，胜利不是摸摸脑瓜子就拿到手的。"这是个明理，战士们可总盼着会有什么奇迹发生。马铁头好几回对林四牙说："这遭快啦，我看咱们老家也该解放了！"

林四牙应声轻轻笑道:“呃,我看蒋介石就像那痨病鬼,紧七慢八十个月,没几天活头!”

自从打下定县以后,林四牙早不大要什么心计了。本来嘛,许多事都是他自己疑神疑鬼,自找苦恼。要论解放军,凭良心说话,一点不含糊。自己不混军队便罢,想混军队,只有这条出路。一朝天子一朝臣,以后可得好好干,弄个露水官做做,也算有脸。从此,他不再表面假装积极,倒真上了劲,样样事抢着做,伸伸手就做好了。马铁头屡次想拿话口套问他的底细,他可有意回避道:“唉!净鸡毛蒜皮的事,不值得提。”弄得马铁头干瞪眼。

队伍进了敌区,光景不大一样了。到处有烧坏的房子,老百姓愁眉苦脸的,衣裳遮不住屁股,憔悴得不像人样。有的门口还挂着红灯,一问才知道都是解放军的家属,敌人挂上灯,谁进去也可以糟蹋这家的妇女。老百姓见到军队,就像快冻死的人见到火,一围一大群,拉着战士的手硬往家拖,哭着诉说敌人怎样抢东西抓人,糟害人民,说到后尾抹抹泪又笑了:“幸亏你们又来了!

这可好了!”

当夜宿营，房子分配好，杜富海领着本班人进屋一看，气得蹙着扫帚眉叫道:“这是谁分配的房子，叫我们跟死人打交道么?”原来外屋停着口黑棺材，棺材头前点着盏萤火虫似的小油灯。他要换房子，部队住的太密，再也找不到插脚的地方，只好气鼓鼓地住下。

第二天清早起，卢文保听说这个班对房子有意见，特意跑来看大家，一进门却见灶口前坐着个老太太，罗锅着腰，眼肿得像烂桃，摸摸索索地正在做饭。这景象好惨，他蹲下去要帮老太太烧火，老太太不依，他顺便问道:“老大娘，你家里几口人哪?”

老太太叹口气说:“命苦啊，光我孤人一个!”

卢文保又问死的是她什么人，老太太才说了句:“媳妇!”眼里扑落扑落直掉泪，赶紧扯着袖口擦，越擦泪越多，末尾忍不住抽抽咽咽哭道:“同志，你不知道，我那媳妇死得好屈呀!”再三再四问，可就不肯告诉是怎么死的，光用袖口捂着眼哭道:“这种丢脸事，叫我老婆子怎么说的出口啊!”

卢文保早猜到七八分，叫老太太哭得好难受，抹了把泪道:“有什么难心事你就说吧，老大娘!这不是丢脸的事，我们大家就是来给你报仇的!”一面用手朝旁边一指。

老太太这两天哭得火蒙了眼，瞎摸索的看不真，光看见棺材前黑糊糊的站着一片人。卢文保派人招呼一声，转眼又来了几个班。门里门外站满了，齐崭崭的，望着老太太异口同声催促道:“说吧，说吧，老大娘!多大的冤屈，我们也要给你出这口气!”

老太太扶着卢文保的肩膀立起身，另一只手扶着棺材，颤颤哆嗦地哭着数落道:“说了你们别见笑，我那媳妇是叫顽固军奸死的呀!同志们早来两天，她就死不了!也是她心孝，那天顽固军来抢东西，她贵贱不肯丢下家跑，就叫人堵住了。……那群伤天害理的畜生呀，没一个是娘养的!不顾死活地糟蹋她，直糟蹋得她光剩出气，没有入气，挨到黑也就……”

说到这儿，老太太哭得断了音。有人忽然陪

着她哭起来，大家一看是林四牙，脸对着墙角落，跺着脚哭道："这些王八蛋操的，真是害人精啊！我不吃了他们的肉，爹娘也不饶我！"

马铁头上去拉着他的胳膊道："别哭啦！你有什么憋屈事，当着众人也说说吧，大家给你做主！"

林四牙转过脸抹抹眼泪说道："我说！我说！我原先怕丢脸，不愿说……你们光知道我当过顽固军，不知道我也受过他们的害！我十四岁那年，我爹就叫顽固军抓去了！我爹已经四五十的年纪，怎么能当兵呢？甲长那个王八蛋说：'把你的胡子剃去，不就行了么？'硬绑走了。我娘拉着我没法过，跟当地保安团一个营长家借了三斗米，滚来滚去还不起，营长翻了脸说：'要账不是要饭的，还不起卖你活人妻！'半夜三更赶来个黑毛驴，硬把我娘卖给人。娘抓脸碰头，满脸流血，我拉着驴尾巴不让走。营长一脚把我踢倒，拿着卖娘的钱说欠他的账还差个零，眼皮也不抬往外走，还骂什么：'差两块钱你们还不起，只当我逛了趟窑子！'……过不几天，把我又抓到保安团，给他老婆当勤务。……”

这以后，林四牙每天两个饱一个倒，胡混瞎混。染坊缸哪有干净手，日久天长，也学会了喝酒耍钱，坏了根性。有一回输大了，拿起腿溜了，半道又叫十六军抓去，下了迫击炮连。他忘了爹娘的仇，只图眼前快活，也跟着讹诈穷人，还开枪抢过老百姓。有时想起当年的苦楚，反而觉得丢人，不愿提。今天他才回过味来，又痛苦、又悔恨，哪忍得住眼泪不哗哗地直流呢！

卢文保听着听着挂下了泪，气昂昂地喊道："穷人杂蓬菜，不灭了敌人，我们永世也不能翻身！"

林四牙几步抢到死人的灵前，擎起拳头高叫道："我对天起誓，要不替我爹娘和老大娘报这个仇，叫我天诛地灭！现在当着指导员的面，我提出要求，这回打仗，让我抱炸药！"

战士们接二连三叫道："让我扛梯子！""让我登城！"……马铁头跳出来说："我提议给团首长写信，要求主攻任务！"四下里一迭连声应道："赞成！赞成！叫指导员马上就写！"卢文保的大眼好像要喷出火来，一句话不说，把指头伸到嘴里使力一咬，就在灵前滴着血写成封决心书，送给上级。

第二天黄昏打徐水，命令下来了，他们的任务却是阻击定兴的敌人。徐水的工事强，连打几夜没打下，粘住了。迷信速胜论的吃不住气，发急道：“这是怎么搞的？打不着狐子惹一身臊，没用的废物！”也有人说：“羊肉吃不上，倒碰掉大牙，那才冤呢！”正议论着，连部猛地吹起紧急集合号。全团以营为单位，营又把各连分散开，马上出发。往哪个方向去呢？大白天行军，也是自古少有的事。天哪，怎么往南开呢！老乡一见队伍要走，男人、妇女、老头、小孩，哄地围上来，拦住了路，死拉住战士不放。一个一哭，许多人都嘁嘁地哭起来，一面哭一面说：“同志，你们不要走，走了我们活不了！”弄得战士们个个心酸，不知说什么好。卢文保挂着两行泪说：“大娘大伯，你们也不用难过，我们走了还要回来的！你们的仇，就是我们的仇，我们走到哪也要打敌人，好救出大娘大伯！”战士们硬着心肠离开这些哭哭啼啼的老乡亲，如果不是命令，谁肯走？心里都想：不是说反攻了么，怎么越走越远？是不是敌人增援，情况紧急，队伍撤了？要不，为什么赶路赶得这样急呢？

十三

急得简直像追命，十里不歇，三十里也不大休息，一个劲往前撵，撵得个个人呼哧累喘的，直冒大汗。顶到大后晌，一口气走了五十里地，靠近保定地面，肚子都饿瘪了。队伍进了村，龙起云吩咐号房子休息，吃完饭再走。这一停下，队伍扑通一声，仰面朝天躺下去，塞满了当街。龙起云学着卢文保的作风，到处先看看有没有病号，问问冷热，战士们却哼呀哈的，爱理不理，急得他想发脾气，憋得大脸通红，拉着卢文保说道："你怎么也不敲敲巩固部队的头通鼓！你看部队软骨丢当的，哪有骨头？"

卢文保擦着脑瓜子的汗笑道："政治本来是部队的骨头嘛！我早通知党的小组长来开个会，你慌什么?”

不一会，部队进了房子，小组长集合到连部里来。一问部队情绪，都说原本求战的情绪挺高，就怕打不上仗，猛一撤，都觉得北边人民的灾难太重了，不应该离开。林四牙那天激起了仇，有空就磨刺刀，恨不得捅敌人几个透眼透的大窟窿。今早晨一上路，好像谁该他几吊钱，厚眼皮子更耷拉着，动不动寻事，常爱说个反话：“哼，这回可真反攻了！反攻要不拿屁股对着敌人，怎么能使臭炮崩?”还无缘无故地出大气：“唉，烧鸡窝脖，气都给你噎住了！”马铁头说：“这是任务！”他摆着手冷笑道：“不用卖狗皮膏药啦！又是大踏步前进，大踏步后退，是不是?”

卢文保低着又深又黑的大眼，听着汇报，觉得这些不正常的思想后也藏着饱满的战斗情绪。今天猛然来了个大变化，他也是丈二的和尚，摸不着头脑，光接到上级的死命令，叫队伍不管夜行军，急行军，吃没吃饭，喝没喝水，也得往望都一带赶，只有党才能保证这个任务，他号召每个共产党员都得发挥带头作用，人人当指导员，人人做政治工作，克服各种困难，又吩咐事务长拿柴票跟老乡换些谷草，发到各班，每人编个防空圈，也好遮太阳。

一个半钟头后，队伍重新集合，每人头上戴着个防空圈，上面插满蒿子，也有插上些杂七杂八的野花的，像个大花冠。吃过饭，党内分别经过动员，四下里又听到嘻嘻哈哈的笑音了。卢文保混在当间问道："吃饱了没有？"只听一个音答道："吃饱了！"卢文保笑道："吃惯的嘴，跑惯的腿，吃饱了可得跑路。这是上级的命令！你们要说服从毛主席，就得服从上级命令。毛主席往光明大道领咱们，不会领咱们到黑路去，跟着他走，保险没错！"杜富海挺一挺腰应道："走就走！老子英雄儿好汉，强将手下无弱兵，咱们不能给毛主席丢脸！"李全喜好像对自己说："这一顿饭，再走百八十里也行！"

精神头一大，走得又带劲了。正是阳历十月二十头左右，秋末天气，正晌午走得冒汗，太阳一落，小风凉飕飕的，露水挺大，又有点冷。每走个十里八里，便歇一歇。屁股一沾地，战士们把腿直挺挺地搁到高处，歇不几分钟，爬起来又走。摸着黑走到半夜，又撂出六七十里地去，队伍真乏了，有肿脚的，有打泡的，有时候不知道谁哼哼道：“哎呀，我痛得走不了啦!”可是瘸瘸点点地还是一骨碌不拉。有个解放战士越走腿肚子越软，两只脚也像插在烂泥塘里，拔也拔不动，走几步一个斤斗，走几步一个斤斗，末尾摔倒了再也爬不起来。马铁头去扶他，那人上气不接下气地喘道：“我一步……也走不动了！……副班长……你打……打死我吧!”马铁头看看拉不动他，招呼林四牙把他撮到自己身上，背着走了三四里地，队伍大休息时，才放下来。那人早睡熟了，身子一仰歪到一边，呼呼地醒都不醒。

马铁头也是又困又乏，狠命一咬手指头，提起精神，从后腰解下个包袱，笑着叫道：“同志们，会餐来呀!”原来白天打尖时，他带了些剩饭，留给大家半道吃。战士们像饿虎扑食似的，一人抓了一把，转眼光了。可是困比饿更厉害。有人饭放进嘴里，嚼着嚼着就睡了。

马铁头直发迷糊，光想睡觉，笑着哀求杜富

海说："班长，你打我一巴掌吧！"杜富海迷迷瞪瞪说："我打你你也得打我呀！"马铁头笑道："那是自然，同志们要讲互助嘛！"杜富海就使劲搧了马铁头一个耳光子，马铁头也结结实实给了他一拳，两个人精神一振，抱着大笑起来。

这工夫，连长张着大嗓门叫道："村里给咱烧好水，大家赶紧洗脚喝水！"杜富海和马铁头分头叫醒大家，洗过脚，挑了泡，接着赶路。正是黎明前那一阵，最困最乏。李全喜一边走一边打盹，脚底下猛然叫土疙瘩一绊，自言自语地说："哎呀，我做了个大梦！"走着走着离开了队伍，歪到旁边去。林四牙叫他一声，他吃吃地傻笑道："哎呀，又做了个大梦！"

自然会有说小话的："走，走，不等反攻胜利，还不走死了！"也有人念念叨叨说："怎么天还不亮啊！"夜行军乏透了，谁不巴着天亮？天一亮，也怪，人马上有了精神，前前后后也有了说笑的声音。

前面来到个大镇子，烟气腾腾的，早雾还没消。当街乱哄哄的净本营的人，洗脚的洗脚，吃饭的吃饭。房顶上有人拿着大喇叭筒子喊起来道："又来队伍啦，赶快往外抬水！"不一时，就有许多老百姓抬出一桶一桶的热水，倒到盆里，叫大家洗脚。连龙起云、卢文保都闹愣了，猜不透究竟是怎么回事。洗就洗吧。洗完脚，妇女们又抬出一大筐烙饼，发给大家。战士们狼吞虎咽地吃着饼，喝着开水，正在乱猜一气，就见短小精悍的贾团长不知从哪里闪出来，满脸带着喜色，朝着他们走来，劈头说道：

"同志们，你们不到一天一夜走了一百五十里，走得好！你们愿不愿意打大胜仗？愿不愿意报仇？要报仇告诉你们一个好消息：石家庄的匪首三军军长罗历戎带着四个团出来了，要到保定夹击咱们，已经走了两天，过了定县。这口菜可送来了！现在敌人离保定还有一百多里，我们赶得离敌人也就是一百多里了。我们能不能歼灭敌人，就看这两条腿能不能走过敌人，我们一定要不分昼夜地走，走不动爬，爬不动滚，滚也要滚上去，把敌人挡住，消灭个干净，活捉罗历戎立大功！"

战士们听说一声，早丢了饼，乐得直拍巴掌。卢文保涨红着脸，领着头喊道：“我们要为人民立功，替人民报仇！谁是英雄谁好汉，走路比比看！”林四牙的心火辣辣的，肚子里好像点起把火，跳起来也喊：“看谁缴的枪多？看谁抓的俘虏多？咱们打胜仗大比赛！”累呀，痛呀，饿呀，大伙早忘个干净，光顾嗡嗡地嚷道：“走走走，还坐着等什么？”

队伍这一走，全营集结起来。也不止一个营，你望吧，漫野密密的净是人，不知有几个团！五路纵队，六路纵队，八路纵队，一扑面子涌上去。你帮他背枪，他帮你背背包，就怕旁人走不动。机枪班的机枪变成宝贝，争都争不到肩。卢文保瞅不冷从后边把机枪夺过去，扛着就跑。前边跑后边追，一插插到旁的连里，战士们就叫：“指导员开小差了！”

马铁头一路没断过替旁人背东西。脊梁上堆得像个骡驮子。人总是肉长的，累得脚拐了，胯裆也磨破了，走一步就像针尖扎的一样痛。卢文保看出来，轻轻问道：“你觉着怎么样？”马铁头的鼻子一酸，扑落地掉下滴泪，急忙掉过脸擦干净，笑道："指导员，你放心吧，我死也不能沾污共产党员这个名字！"林四牙见他走路有点扭，笑着问他道："副班长，你怎么扭起秧歌来啦？"马铁头索性拉扒开腿，笑着叫道："我就是要扭个秧歌你们看！"便用嘴打着锣鼓，趁着腿脚那个痛劲，一扭一扭的可欢啦，惹得大伙哄笑起来。

老乡都知道信了，每逢队伍过村，街上挤得满满的，只留出当间一条缝。不少人套起大车，拦住路说："把背包放下吧，同志，我给你们送去！"

顶到后半晌，飞机来了，又扔炸弹又扫射，想阻止队伍前进。谁睬他呢！四面八方，漫地漫野，队伍扑面子散开，一步也不停。飞机朝哪块打，哪块的人才趴下，飞机一过去，爬起来又紧走。战士们早把自己的生死扔到脑后，一分一秒，一尺一寸也不放松，就怕走得慢，敌人跑了。

可是敌人到底哪去了呢？怎么过了望都，来到定县地面，还是不见影？个个人急得心口冒火，脚步也就更紧。林四牙人精，耳朵也尖，忽然立住脚道："听啊，这不是枪响！"不光步枪，还有机枪呢。先是隐隐约约的，越往前走，听得越真。这当儿，一匹大青马冲着队伍跑来，蹄子仿佛离了地，尾巴后踢起一团黄烟，转眼到了贾团长跟前。通讯员翻身下马，递上一封信。这是旅部的命令，叫本团从东逼近清风店，包围一个叫西南合的村庄。

当天晚上，队伍及时到达指定地点，前后三十三个钟头，走了二百七十里地。战士们竟像铁打的一样，枪炮一紧，一点不累了，脚也不痛了，纷纷给团长写信，提出立功计划，要求当突击队，跟敌人拚刺刀。团长却按兵不动，拿出一部分兵力监视敌人，命令其余的人洗脚吃饭，争取时间睡觉。

十四

贾团长自己可没工夫睡，一到就跟团政委到旅指挥所去接受任务，开完会又打着马往回跑，立时要召集各营干部布置战斗。情况弄清楚，心里有了底，不过精神也更紧了。原来罗历戎带着三军七师的三个团和十六军的一个团起石家庄出发后，也知道要走过二百多里的解放区是刀尖上翻斤斗，玩命的事，一路球到一起，紧往前奔。这天奔到清风店附近，隔保定只剩九十里，再有一天路程就到了，刚松了半口气，不料解放军一个大运动，迎头堵住，前哨一接触，连忙缩到西南合等五个村里。贾团长带着人连夜上来时，先一脚赶到的兄弟部队早打上了。捉到的俘虏说罗历戎的军部就在西南合，恰巧是贾团长所属这个旅的攻击目标。

马跑到半路，贾团长想亲自到前边察看察看情形，便跳下马，叫政委先回指挥所召集人，自己拿起腿往前走了。天上黑打糊的，阴得挺厚。飞机在头顶上一个劲转，尾巴上亮着小灯，嗡嗡嗡嗡，也不敢炸。西南合的敌人也怕炸错了，当村烧起堆柴火做信号，映红了半边天。西北上枪声挺急，知道是兄弟部队正在加紧压缩敌人。村里接长补短地直打照明弹，砰地一个，砰地一个，照得四围锃亮。战士们也不理，光顾挖工事。有人悄悄叫道："你看，这怎么大黑间变成白天了！"

照明弹一亮，贾团长看见许多战士也不管深夜多冷，脱光膀子，呼哧呼哧地抡着铁锹紧挖。累了就直起腰，往手心吐两口唾沫，对搓一搓，接着又挖。问他们累不累，他们笑道："不累！，消灭了敌人咱们再大铺大盖睡他两天两夜！"

贾团长走到个坟堆后，挨着哨兵趴下去，借着照明弹的光探着脖子看地形。前面就是西南合，相隔不到一里地，中间是一溜平地，荞麦红薯花生一类晚庄稼还没收。村里那堆柴火烧得更旺，叭叭地常朝外打冷枪。贾团长说："可得留心，别叫敌人扑咱一家伙！"那个哨兵轻轻笑道："他还敢扑？早慌啦！别看他又打照明弹又放枪，明明是害怕想壮胆！"贾团长一听就知道这是个久经战斗的战士，问道："你叫什么名字？"哨兵说："我叫林四牙。"忽然照明弹一灭，林四牙推上子弹，朝前喝问道："口令？"

贾团长的眼力也不弱，早看见前面跳起两个黑影，一前一后，插着野地跑过来。林四牙紧接着又喝一声道："口令？再不言语开枪啦！"这时一个挺脆的嗓子答道："是我们——我和连长！"

一转眼，龙起云带着通讯员小张跑到跟前，前身净土，看样子是在地上爬来爬去爬了好久。贾团长叫住他问道："前边情形怎样？"龙起云没想到团长在这儿，好像无意中找到要找的东西那么高兴，单腿跪到贾团长旁边，远远点划着村沿说："我才爬到尽前边看地形，看见敌人正修工事，大小道口都堵死了，地堡也不在少数。不过依我看，只要突破口选对了，要突破也不算难。"

贾团长回过头问道："你说该选在哪儿？"

龙起云拘拘束束笑道："我觉得那一带最好……"说着伸手一指，敌人的照明弹正好给照出一片大砖房，高高的，房顶上还有早日用砖垒的小炮楼。这是村沿上顶牢固的地方，看起来顶不好攻。龙起云赶着解释道："越是这样地方，敌人的守备越弱，也不会修那么多地堡，只要集中炮火轰他一阵，用全力一突，说突破就突破了。"

贾团长灵活的眼神动了动，立刻肯定了这个意见，也肯定了龙起云这个人。原先龙起云是个多莽撞的人哪！战斗作风硬，可就不大用脑子，一冲了事。战争本身终于把他教乖了。他已经会精心计划地去选择突破点，组织步炮火力，更懂得集中兵力，集中火力的诀窍。这些歼灭战的基本战术说起来容易，可是要受过多少教训才能学会运用啊！

这时，龙起云像个孩子向大人讨不该讨的东西似的，磨磨蹭蹭说道："团长，把这次的突击任务给我们吧！"

贾团长忍不住想笑，跳起来抱住龙起云，使力捶着对方的宽脊梁笑道："好小子，好小子，拿出你的猛劲吧！猛打！猛冲！猛追！哪里有敌人上哪打！哪里响枪上哪打！——一定有你的任务。"

当夜贾团长对各营布置战斗时，就把龙起云选择的地方指定是主要的突破点。可是龙起云并没得到突击任务，又当了预备队。

十五

第二天黄昏，各兄弟部队从四面八方发起总

攻，包围圈越来越紧，敌人由五个村缩到三个，末尾万把人都球到不足四百户的西南合去。龙起云这连人可热了眼，正擦的子弹梭子和刺刀都丢了手，光顾看了，看得干焦急使不上力气。你听这个排炮吧，钢钢的，四围响成一个音，砸得西南合变成一团烟，百么不见。李全喜咧着厚嘴唇笑道："这个炮啊，震也把你震得鼻子嘴流血！"

马铁头嚷道："步兵上啦！"炮火一闪，就见许多黑影绺绺的，一个劲上，趁着敌人叫炮打得蒙头转向，一直逼到敌人的眼皮子底下近迫作业。可是炮怎么停了？傻瓜！再打不打了自己人。炮喘了口气，又响了，这回不再打前沿，专打纵深了。

突啊！突啊！龙起云真急坏了，大拳头握得绷紧，眼睛直盯着那片黑糊糊的大砖房。轰！爆炸响了。轰！又是一下。哪儿炸开了口子呢？反正不是他选的那个突破点。急得他直跺脚道："怎么回事？睡觉了么？要是让我上去，不给他突个大窟窿才怪呢！"

李全喜蹲到背风的地方，卷着支烟说："抽支烟吧！运动战像包饺子，有擀皮的，有拌馅的，有包的，有烧水的……不临到咱的事，急也白搭。”

林四牙早急得火烧心，顶他道：“我就要当个吃饺子的，谁耐烦光站在旁边傻看，看得叫人眼馋！”

马铁头笑道：“这样一大锅饺子，你还愁吃不到嘴！照说蒋介石真够笨了，千里迢迢地给咱来送吃的，这种指挥法准是喝了迷魂汤！”

杜富海绷着胡子扎撒的刺猬脸说：“哼，蒋介石也不能做主，上边还有人指挥他！”

大家奇怪道：“谁呀？”

杜富海说：“解放军呗！”这一说，他自己也绷不住，跟着大家笑了。

可是从黄昏打到半夜，前边到底打出个什么名堂呢？卢文保派通讯员去探听探听消息，小张回来报告道：“好几面都炸开口子了，就是敌人反突得凶，一个反突就把我们挫到墙圈外，我们用手榴弹飞雷又突上去，敌人又把我们突出来，来回拉锯，老钉不住脚。”

龙起云粗声粗气问道:“咱们这面呢?”小张没闹清楚。可巧营部通讯员来了,叫他去接受任务。马铁头拍着屁股跳道:“下雨不打伞,淋(临)着咱啦!”

营长在一片柏树坟里迎住龙起云道:“那片大砖房炸倒三间了,你快上去巩固住突破口,得手就向纵深发展。”龙起云二话不说,带着队伍跑步上去。

敌人正反扑,突破口上的情形正在吃紧。只听敌人喊道:“上刺刀,准备冲锋!”

一排手榴弹撇过来,随着像挨刀的猪似的,哇哇地叫着胡冲乱撞。

这可惹起了龙起云的那股蛮劲,吼了一声,领着头冲上去。一颗手榴弹迎面撇来,轰地炸了,把他摔了一跤。他翻身坐起来,一扬手扔出个飞雷去,吐着满嘴的泥土叫道:“投弹组上,砸这些狗×的!”

投弹组马上抢占了阵地,手榴弹飞雷唰唰地盖过去,红光闪闪里,一个敌人两手一张朝后跌倒,又一个跌倒了,剩下的夹着尾巴就跑。龙起云把手里的驳壳枪一挥，带着人猛扑上去，接连夺取了七八间房子。可是敌人狗急跳墙，并不死心。当官的连叫带骂，又是一排手榴弹撇过来，哇哇地又反突上来。我们的战士脚根还没站稳，有人经受不起，掉头想跑。只听卢文保在黑地里叫道："共产党员起模范作用！我们能进一尺，不退一寸！"手榴弹飞雷立时又像雨点似的压住了敌人。……

李全喜等好几个人每人挎着篮子手榴弹，到处爬着分给大家，分完了又从后边往上运。战士们一见手榴弹，争着拿，一边叫道："嘿，大白馒头！嘿，大白馒头！"转眼光了。

不知不觉天就亮了，敌人的劲头也衰了。原来正像龙起云判断的那样，这一面的敌人兵力最弱，几次反突失败，缺口越来越大，一时调不上部队，自然乱了营了。解放军却像潮水似的，又从这个突破口涌进两个团，忽隆忽隆的，三路纵队，不一时漫了小半个村。龙起云决不会错过腰眼，当时便向纵深发展下去。

马铁头扔手榴弹扔得胳膊发木，甩了甩笑道：

“真是个贱胎！几天不打仗，就养娇了！”林四牙伸过手说：“副班长，你看看我！”原来他打了满把的手榴弹弦。自从那天诉苦以后，林四牙的思想一咬破口，狡猾变成机警，但总有点逞强好胜，不大服人。从此又多了个心眼，暗暗跟马铁头摽上了。最刺他的是马铁头是个党员，他不是。常在心里弯着股劲想：“别看你是党员，我就不信比你差！我不是党员，照样也干革命工作！”骨子里可恨不得立时变成党员。夜来黑间一上战场，他就一直摽着马铁头打，存心要立功，抓到俘虏就问军部在哪，问到第三个，俘虏哆哆嗦嗦朝远处一指说：“那不就在那边！我就是军部特务营的。”

战士们抢着往那边跑，林四牙抢头抢得更厉害。但在一个要路口，敌人军部的特务营占着个地堡，机枪扫得满街冒烟，挡住了路。绕路也绕不过去，有人急得拍屁股。杜富海骂道：“操他祖宗，揭掉他的王八盖！炸药呢？”

偏偏没带。马铁头望着李全喜说：“老李，你快到后边去拿去！”

卢文保往前靠了靠，张开嗓子叫道：“乡亲

们，缴枪吧，不要替蒋介石卖命啦！”

地堡里还是打枪。好些战士也叫道：“枪是老蒋的，命是自己的，解放军要枪不要命！”

地堡里的机枪有点松劲，就听见有个公鸭嗓子骂道：“打呀！打呀！别听这些六亲不认的共产党放屁！咱们的援军昨晚上就到了望都，再顶一顶就到了！”

卢文保笑着嚷道：“这才是大瞪两眼说瞎话！你们的援军不到保定早给挡住啦，一辈子也来不了！”

机枪一下子停了。那个公鸭嗓子恶狠狠地叫起来：“你打不打？不打我先崩了你！”机枪便又响了。

龙起云抡着驳壳枪叫道：“简直是成心找死——下炸药去！”

可是李全喜还不见影。拿药拿到哪去了呢？人在这时候顶容易发火，杜富海的“花机关”脾气又走了火，骂道：“叫谁去不好，偏叫他去！我看他就是那软盖子王八，早晚是敌人的刺刀库！”

林四牙一挺腰说：“炸药没来就用手榴弹

炸——给我这个任务!”当时绑了一把手榴弹，闪到一家大梢门旁边。龙起云说一声:“火力掩护!”几挺机枪开了腔，压得地堡变成个大哑巴。机枪一停，林四牙三窜两窜窜出三四丈远，不等地堡打枪，早趴到个粪堆后。机枪再一掩护，便窜上去了，伸手把那捆手榴弹塞进地堡眼去，扭头跑出二三十步，背后咣地响了，炸得气浪掀了他个大斤斗。回头一看，地堡好好的，原来敌人把手榴弹又扔出来，差一点没炸着他。

杜富海把脚一跺，气得脸色铁青，咬着牙骂道:“我操他祖宗!看老子的，我就不信玩不过你!”一面便扒棉袄。

龙起云拿大手拍着他的肩膀说:“老杜，我许你一功。”

杜富海眼皮也不抬，拿着一把绑结实的手榴弹便走，嘴里说道:“功不功是小事，我干革命不为这个!”走几步又转回来，拾起棉袄掏摸一阵，把口袋的钱都掏出来，一古脑儿交给卢文保。卢文保不明白他的意思，杜富海说:“这是我最后一回的党费，都交啦!”卢文保的心一颤，使力握着他的手，才要说话，杜富海早挣脱了手，扭回头望着机枪射手叫道："你们是死人么？打呀！不打我怎么上？"

机枪一掩护，只见杜富海像支箭，飞似的向前跃进。跑到半路，敌人的枪响了，他的身子一震，一头攮到地下去，左膀子的衬衣透出血来。他挂花了，也许完了——怎么一动不动呢？大家正在发急，眼前一晃，他忽地又跳起来，一阵风冲上去，伸手把手榴弹塞进地堡去。敌人又要往外扔，才塞出个头，却叫他拿手堵住。里边拚命朝外推，他就拚命往里按，谁也不让谁。马铁头急得嚷道："班长，快跑吧，手榴弹要炸啦！"杜富海一个大转身，却不下去，倒用后脊梁挡住枪眼，咬着牙，瞪着眼，胡子眉毛都炸起来。就在这一霎眼的工夫，轰的一声，地堡冒了烟，砖头瓦块四处乱飞，杜富海的影子也不见了。……

卢文保激昂地喊道："我们要替杜班长报仇，坚决消灭敌人！"战士们一时像是火里加了盐，吼了一声，直冲到军部去。

军部占了两个大院，砖墙都有一丈五尺高，

屋顶上摆着十挺重机枪。当官的一面欺骗，一面威逼，当兵的只好昏头昏脑地瞎打。这时各路解放军全涌上来，里三层，外三层，把军部围了个严。炮吊近了，打得更准；手榴弹像大龙蛋，砰拉叭拉都砸到军部房顶上去。两边的距离也就是房子挨房子，敌人的飞机急疯了，炸又不敢炸，在半空干扑拉着翅膀打磨磨。爆炸响了，一面墙上炸了个大缺口，解放军哗哗地冲进去，敌人吓得唧哇乱叫："别打，别打，我们交枪！"美国步枪、机枪、六零小炮……转眼堆了满院子，足有半人高。房顶上有几挺重机枪还在乱嚎，忽然有个人提着挺美国冲锋枪跳上房去，几梭子便把敌人扫倒。马铁头在下边望得清楚，叫起来道："李全喜！李全喜！"

不是他是谁。他是去取炸药，半道挨了敌人一炮，震出一丈多远，蒙了，心里也知道数，就是爬不起来。过了半拉钟头才能动，前后都找不到本部队了。心想上级不是叫哪里有敌人上哪打，机动作战么？便跟上个兄弟部队，自动叫人家指挥他，一路打到军部来。……

这当儿早晌午了，战斗结束，大群大群的俘虏押出了村。罗历戎、师长、团长……个个人垂头丧气的，夹在俘虏当间，叫被害的老百姓数落得大气都不敢出，恨不能把脑袋装到裤裆里去。解放军的伤员躺在担架上吹着口号，唱着歌。战士们驾着新缴的美国山炮、平射炮、步兵炮，扛着火箭筒、火焰喷射器等，一路打打闹闹撤出战场。有些同志牺牲了，不在眼前了，自然有点难过。杜富海的死给全军留下了极深刻的印象。兵团司令部追认他是模范党员和特等功臣，特意向全军通报表扬他说：

他牺牲的是个人的生命，他的生命却保证了整个战役的胜利。他的精神将永垂不朽！

马铁头等人更是忘不了杜富海。但从战场往下撤时，大家还是高兴的面多，互相怪腔怪调地俏皮道："哎呀，我痛得走不了啦！"

马铁头笑嘻嘻地问林四牙道："还卖不卖狗皮膏药啦？"

林四牙脸一红说："可不卖膏药。不大踏步前进就不能打胜仗！"接着他东摇西晃的，学着李全喜的声调说："哎呀，我做了个大梦！"

李全喜叫他冤成个大红脸，半天半天把手里的冲锋枪一扬说："就你好！你缴到几支这样枪？"

林四牙不服气道："你不用得意，打石家庄再瞧！"

马铁头道："可真是，这一仗，石家庄可以拿了！"

打石家庄！打石家庄！从下到上，许许多多人异口同声地叫着。就那么个孤零零的据点，原本靠三军撑门面，眼时吃掉了他的军部和一个师，剩下个三十二师，再加上七零八碎的杂拌儿武装，顶多两万来人，拾掇起来还费事？于是箭头一指，大军便包围了石家庄。

十六

但这是个设防坚固的城市。一道外市沟，又一道内市沟，都有两丈多宽，两丈多深，拦着电网，隔十来公尺一个伏地堡，摆一挺机枪，隔两米多又是一个散兵掩体。两道市沟当间修着条环城铁路，火车来回转着警戒。市内的高楼上，马路上，到处有钢骨水泥工事。在市中心，更拿火车站，大石桥，正太饭店等做主体，挖满了枪眼，遍地是暗堡，高堡，伏地堡，一道壕沟，又一道壕沟，一层电网，又一层电网，重重叠叠，密密麻麻——叫做核心工事。

解放军是头一回打这样大城，自然有那信心不足的人想："打不打得下呢？"

上级传达下来朱总司令的号召："技术加勇敢！"战士们便提出"人到工事到"的响应，到处叫着："多流汗，少流血！""工事做得牢，炮弹打不着！"交通壕好像蜘蛛网，一直挖到敌人的前沿。挑战啊！竞赛啊！立功计划呀！每个连部都挂着石家庄的小地图，做一个演习的地堡，清风店新解放过来的战士报告内里情况。"诸葛亮会"开起来了，捉摸，讨论，大家想办法。林四牙在敌人方面混得久，摸得熟，想得最周密。有人耽心满街是钢骨水泥伏地堡，炸又不好炸，他一撩厚眼皮说："别看皮表，其实光一层洋灰，一炸，哼，秃子头上的虱子，漏出来了！要不躲着走也行，房掏房，墙掏墙，不要走街。”

马铁头已经补了杜富海那个坑，摸着嘴巴子问道：“不走街，部队怎么运动得开呢？”

林四牙轻轻笑道：“要像清风店那样，忽隆忽隆挤一大堆，光剩吃亏了！城市楼房高，工事又多，应当拿互助小组做单位。”

外边闹哄哄地正讲究打技术，内里的敌人却打肿脸装胖子，说石家庄设有“永久性强固防御工事”，“铜墙铁壁，万无一失！”打个游击战、运动战嘛，共产党还有两套，要攻坚，力量差远了。哪知正是敌人自己给解放军送上门来的美国榴弹炮，山炮，野炮……轰隆轰隆，一齐开了火，不等敌人清醒过来——

铜墙铁壁的外市沟突破了！

环城铁路炸断了！

内市沟又突破了！爆炸的黑烟正往上升，龙起云便带着人冲进黑烟，楔入市区。这天正是一九四七年十一月十日，靠近傍晚，四面的重炮连成一个音，突破口到处是爆炸的红光，一闪一闪的，好像雷电。大火烧起来，遍地都是，烘烘的，形成一片火海。敌人从好几处侧射，子弹飞得很低。龙起云一扬头，耳朵旁刺地一声，帽子歪了。摘下帽子一看，刚巧打了个窟窿，望着卢文保笑道：“呵，上靶不上环！”

市内倒是挺静，大马路上不见个人。营长来了命令：龙起云这个连做第一梯队，朝市中心挺。当下把三个排分散开，贴着墙根一条线前进。每个排又分成三个班，马路左首一个，右首一个，机枪班在后边支应两面，像个大蟹子钳。马铁头那个班就是大钳当中的一个，又分做三个战斗小组，林四牙、李全喜各带一个，他本人带一个压后，形成个三角，慢慢搜索着前进。

冬天日子短，早黑了。队伍漫过几座楼房，也不见动静。忽然听见李全喜按着规定的记号拍了三下枪把子，马铁头连忙赶过去。李全喜把嘴凑到他的耳朵上说：“你瞧，里边有人呢！”原来到了个大院前，里边有座楼房，点得灯火通明，窗上乱晃着人影。

马铁头跟机枪班接上头，带着摸进院，吩咐架起机枪，远远趴下，自己悄悄闪到楼房旁边，隔着玻璃窗一望，只见屋里东倒西歪的净是敌人，有的睡觉，有的掷小骰，靠窗有伙人围着盆炭火说话。当中一个叹口气道："哎，这个炮啊，还说人家没炮呢！军长的消息也不知是真是假，怎么背后都嗓嗓着？"一个冬瓜脸的人道："谁说是假的？我亲自听那些放回来的人说的。他们的鼻子眼也都好好的，从前说剜心挖眼的事也是瞎话。"先前那个便说："回来做什么？大炮打死了，没人买棺材，死到督战队手里更冤枉！"第三个人忙道："说话可得留点神，叫人加个通匪的罪，脑袋该搬家了！……前面打的怎么更紧，你也不看看去？"那个冬瓜脸便站起来，顺手拿起把腰刀，懒洋洋地往外走。

马铁头赶紧退回来，蹲到黑树影里，等那人走到跟前，一下子跳起来，刺刀堵住了他的心口窝。那人吓得刀也掉了，接着笑道："老兄，你是哪一部分的，别闹误会了？"马铁头明白他是真误会了，有意诈他道："你不是解放军的坐探？"那人急得辩白道："什么话？我就是这个营部的侦察！"马铁头笑道："你要叫解放军俘虏了怕不怕？”那人生起气来：“我干么要叫他们俘虏去呢？”马铁头忍着笑往亮处一闪，露出前胸的符号。冬瓜脸吓傻了，像个泥胎子塑在那儿。马铁头笑着解释道：“不用怕，解放军保证宽大。”那人透出口气道：“知道，知道，早听说了。你们莫非会腾云驾雾，怎么神不知鬼不觉就进来了？”马铁头说：“进来的多着呢，到师部就有十来个团，师长也抓住了。你能领我去缴营部的枪不能？”东瓜脸认为大势已去，爽爽快快应道：“能！”马铁头朝后虚张声势叫道：“一连向左，二连向右，三连跟我来，带两挺机枪上来！”林四牙机灵地应了一声，跟着机枪跑上去。

靠前一走，楼里听见咋唬，打了两颗手榴弹。冬瓜脸连忙喊道：“别打，是我！”里边说：“怎么嚷呢？”马铁头接嘴道：“发生误会了。”一面说一面跑上去，瞅不冷拿机枪堵住楼门。敌人都发了毛，动弹不得。冬瓜脸从旁劝道：“转遭都包围好了，咱们一动，就死无葬身之地！赶紧缴枪吧，也好找条活路！”靠门口的先扔下枪，随着砰拉叭拉一阵，扔得满地都是。林四牙马上架起敌人的歪把子，马铁头挥着手喊："靠外带！"

什么地方忽然响了枪。原来楼窗上，楼梯口，都探出敌人的机枪。真疏忽！光顾下边，忘记楼上会有人！一个俘虏说："是我们营长在上面！"怪不得还要死狗。马铁头喊话，楼上也不理。冲又不好冲，只能使手榴弹往上砸，也砸不准。大伙正在瞪着眼发急，楼上忽然连炸了好几声，一时只听见大呼小叫的，楼板踩得通通乱响。趁这个乱劲，马铁头领着人跑上楼去，却见李全喜带着本组几个人把敌人都逼到墙角上，两挺机枪也抢到手。敌人的营长戴着顶"牛屄朝天"帽，威风也灭了，两手举得比谁都高。

马铁头乐得大声问道："老李，你是从哪攻上来的？"

李全喜也不多说，憨头憨脑地笑着朝后楼一个小窗指了指，一边拿手抹去满脸网的蜘蛛丝。你瞧他不声不响的，摸摸索索的不知从哪搜寻到一架梯子，悄悄钻进小窗来，冷不防把敌人都吓昏了。刚才爬梯子，他弄掉一只鞋，又没穿袜子，光脚走在冷地板上，里里外外忙着收枪，真够受的。地板上丢着几双破鞋，他顺手拾起一只穿在脚上，走几步又停下，一撩脚把鞋甩掉，难为情地望着马铁头说："我又犯农民意识了！雁过留声，人过留名，挨点冻不算啥，城市纪律要紧！"便用自己的手巾包起脚来。

也有人望着沙发上的丝绒眼馋，想用刺刀割下来做棉鞋垫，李全喜就说："同志啊，东西有限，名誉不好！这是咱们自己的城市了，弄坏了，花钱修，也是自己的钱！"

营部派人接收了俘虏，队伍像把锥子，继续朝前钻。摸不清哪儿有敌人，怕吃亏，全排便分做两拨，马铁头这个班带着挺机枪走楼顶上，盖顶警戒，另一个班配着挺机枪在楼底下挖房子，掏墙，打邻居交通前进。

天阴着，也没个星星，估摸着有半夜了。站在楼顶上一望，四面炮火闪着红光，炮弹一炸，楼房也震得打颤。市内好几处发生了枪声，想必又突进几路来。马铁头等人在楼顶上一会跳，一会窜，一会爬，一会又朝下溜，压到哪里，楼下也进到哪里。将要搜索完一条街，林四牙眼快，影影绰绰瞭见前面街口安着挺机枪。他一时一刻也没忘记立功计划，总想胜过旁人，心里更有个热辣辣的愿望，便从马铁头要到任务，下楼去跟排长联络。排长要派人两面包抄，林四牙道："斗智不斗力，这事交给我一个人就行了。"当时闪到街上，大辣辣地走在马路当间，冲着机枪一直过去。敌人听见脚步响，喝问道："哪一部分？"林四牙赚他道："自己人。"一面走到眼前，见枪口正对着他，灵机一动说："敌人都过来了，你们怎么还做梦？"敌人岔了声问道："在哪？"林四牙胡乱朝旁边一指，趁敌人回头的当儿，伸手把枪口一推，一把抓过枪来，恰好对准了敌人，嘴里说道："这不就在这！"

从俘虏嘴里知道前面便是敌人三十二师的师部，还有炮。马铁头一帮人都下了楼，全排又摆成三角形，由一个俘虏领路，朝师部搜索前进。不一会，马铁头等人逼近个大院，里边黑糊糊的，也不见啥，光看见右首有一溜马棚，马嚼的秆草咯吱咯吱响，也有刨蹄子的。马铁头叫林四牙那一组顺着马棚搜索，李全喜贴着左墙根，自己居中。走到尽头，来到一道横墙前，只见墙上有个窟窿，墙下一个防炮洞，里边发出一片齁齁的鼾睡声。隔着墙，望得见有两尊黑糊糊的大炮，还有一辆装甲车。马铁头急忙拍着枪把子，那两个组立刻赶过来。他做个手势叫李全喜守住洞，又把林四牙靠窟窿一推，林四牙立即带着人钻过墙去。他自己那组人迂回到隔院的正门，轻手轻脚摸进去，却叫守炮的敌人发觉了，气虎虎地喝道："干什么的？到这瞎串！"

马铁头骗他道："师部来的。敌人进了街，有紧急情况！"

装甲车上的机枪手骂起来道："操他娘的！水筲没梁，都是饭桶，怎么就叫人进来了？"

马铁头道："你下来，我给你说！"

机枪手粗声说道："说就说吧，何必下去！"一面却立起身，从顶盖上跨出一条腿，才要往下跳，有个战士沉不住气，先自喊道："缴枪不杀！"机枪手立时缩进去，也来不及关盖，抓住机枪就扫，瞅不冷脖子上却挨了一刺刀，人断了气，枪也断了气。这是林四牙从后边跳上去干的。

几个炮手吓掉了魂，钻进墙窟窿想跑，李全喜他们拦住喊道："缴枪！缴枪！"防炮洞里的炮兵射手和弹药手睡得迷离模糊的，还当是做梦，慌慌张张也举起手来。

可惊动了核心工事的敌人，响了六零炮，打得挺密。有人趴下去躲，林四牙拉着他跑开说："跑过去就没事了。这种炮一打一个梅花形，不动准挨揍！"贾团长传来命令，说敌人已经混乱，不要再剥皮，干脆动手掏心。全连一汇合，马上协同旁的连队朝核心工事进攻。刚逼近车站，就听见踢蹬咕咚踢蹬咕咚一阵紧响，一辆火车头闪着雪亮的光，直冲过来，枪炮立时像飞沙走石一样，拦住了去路。战士们赶紧隐蔽好，只见一辆坦克横在火车上，火车后尾又拖着一列铁甲车，飞似的开过去，转眼又开回来。战士们恼了火，照着铁甲车一顿乱枪，那物件却像个大狗熊叫蚊子叮了几口似的，满不在乎，照样忽忽地过来，忽忽地过去，拿火力逼住人，简直不肯离开这一带了。

龙起云窜到前边，一个劲叫："战防炮！战防炮！叫战防炮上来！"偏巧战防炮一时运不上来。

敌人的坦克和铁甲车可得了意，又是炮，又是枪，沿着铁道来回扫，你进也进，你退也退，你想越过铁道去，几回都把你的队伍插断，受了损失。

龙起云真急了眼，抡着驳壳枪喊道："崩！崩！拿炸药崩！"当时已经薄明，能够辨出人影了。只见两个战士跳起来，一个抱着炸药，一个拿着小铁锨，哈着腰朝前飞跑。跑到半路，铁甲车却像通人事似的，猛地转回来，一阵机枪，两个人都扑倒了。铁甲车开过去后，拿锨的跳起来又跑，抱炸药的却不动了。马铁头急得冒汗，蹦起来就往前上，另一个人却先一脚窜出去了。这是林四牙。他的两腿像是车轮子，赶上去捡起炸药，奔命似的奔到铁道上。拿锨的早跪在那儿，拚命挖坑。挖呀！挖呀！赶快挖呀！刚挖一半，火车头就开过来了，灯光发红，照得两个人没一点遮掩。林四牙把同伴一推，躺到铁轨旁边，不跑，也不动。车头照直冲过来了，子弹像泼水似的，打得他的脚一麻，腿也一震。这时他脑子里什么不想，只有一个念头：炸！炸！一定要把敌人炸成烂泥，炸得稀碎！铁甲车碾过去了，他爬起来摇摇同伴，死了。死也要炸！他拿起铁锹，浑身的力气都度到手上，接手又挖。可是杂种操的，铁甲车明明存心作对，屁股一偎，立时又退回来了。离他只剩四十公尺了，三十公尺了，二十公尺了……他把炸药埋到坑里，一拉火，扭头就跑，跑出十来步，腿一软，扑通地摔倒。他的腿脚都挂了花，满是血，又痛又软，再也迈不动步。不跑又怎么行呢？炸药马上要响了！就咬着牙，连滚带爬，往前死挣。这当口，红光一闪，嗡地一下，前后铁甲车一阵乱碰，滑出轨道，翻了几辆，就像那仰巴壳的王八，干蹬腿，再也翻不过来了。

龙起云扩着嗓子叫了声："冲啊！"抡着驳壳枪，闪着大身量，第一个冲上前去。他不睬铁甲车，也不抓俘虏，三步两步跳上火车，爬到坦克顶上，拿枪敲着铁盖，朝下叫道："开！开！开了没事！"下边不响，他气得又叫："不开老子就再崩你！"坦克盖吓得揭开了，他钻进去，朝前一指喝道："掉转炮口！"炮口转了。"开炮！"炮就响了，咚的一声，正好落到正太饭店去。龙起云喝起彩来："打得好！再来！"于是咚咚咚，一发连一发，一发也不落空。突击队早越过铁路，冲进核心工事去了。……

林四牙看得热眼，忘了痛，爬起来又要冲，有人却把他搀住，扶他躺下。卢文保的大眼闪着火热的感情，连连说道："四牙，你该立功，你该立大功！"一面撕碎自己的衬衣，替他绑伤。林四牙心里那个热辣辣的愿望拨浪地跳出来，眼睛直挺挺地望着卢文保，想说又不知道该不该说。

卢文保一抬头觉察他的眼神，探过身子问道："四牙，你有什么话说么？"

林四牙轻轻说道："指导员，我只够立功的条件么？"

卢文保没弄清他的意思，直愣愣地望着他。林四牙耷拉下厚眼皮说："我不知道够不够入党的资格？"

卢文保一把抓住他的手，提高嗓音说："不够？你还不够？你为了解放石家庄二十几万人民，流了血，性命都不顾，石家庄的人民就是你最好的介绍人！我现在就代表组织，批准你入党！"

林四牙又是欢喜，又是感动，唰地流下泪来，硬撑着坐起身，抓住卢文保的胳膊说道：“指导员，只要我不死，我一辈子都要把命交给人民！”只在这一霎那，他才从心眼里明白一个道理：个人的争强好胜，狗屁不值，只有跟人民的解放事业结合一起，光荣才真光荣，英雄才真英雄。正是这种革命的英雄主义燃烧着杜富海，燃烧着龙起云，燃烧着马铁头，燃烧着李全喜，更燃烧着千千万万个战士。现在这千千万万个战士正从四面包围了核心工事，动手要干净彻底全部地消灭敌人。……

西北风吹得正紧，呜呜的，刮得满树的干叶子哗哗直落，绕地打滚。也不知从哪来那么多乌鸦，叫炮火震蒙了，满天都是，乱飞乱叫，天却已经大亮了。

十七

钢要使在刀刃上，不要使在刀背上。这支大军经过千锤百炼，磨刀加钢，就在解放石家庄后，全军进行了三查诉苦，新式整军。平时看马铁头一天到晚笑嘻嘻的，无忧无虑，哪知却是个在苦水里泡大的孩子。听他在全连诉苦大会上的说话吧：

“谁都知道我无父无母，是孤人一个。可是我也不是石头缝里蹦出来的呀！我爹我娘哪去了呢？我爹原给一家姓刘的老财扛长活，娘做奶妈。还有一个姐姐，一个兄弟。后来又养活个妹妹，刚生下来就叫娘掐死了。娘哭着说：‘不是做娘的狠心，留下你，奶就不够人家少爷吃的了！’转年大灾荒，到三四月没落滴雨，到处一片白地。老财天天吃香的，喝辣的，倒说粮食不够吃，把俺一家人都轰出来了。爹愁了两天，上外乡走了，想设法弄点东西。他走以后，全家望干了眼。娘说：‘叫咱喝西北风等着他么？’就把十五岁的姐姐卖给人家当童养媳，换了一斗棒子。吃完这斗粮食，姐姐也叫人折磨死了。那年五月端午晚上，娘病在床上，哼哼着要吃馍。我给娘烧了一碗水，咦，怎么听不见俺兄弟闹啦？一看，娘呀，兄弟死了，肚皮塌在骨头上，可还睁着眼！我哭了一大会，问娘还喝水不？你猜怎么样，娘也没气了！我守着两口死尸，哭了一夜，哭了几个死。天快明了，听见外边有突突擦擦的声音，吓了一跳。我问：‘谁呀？’‘我！’呀，爹回来了！我连说带哭把走后的事都告诉他，只说他累了在躺着听我呢，谁知他也没气啦！叫了半天才醒过来，只说：‘你记住给你老的争口气，现在是有苦难讲的世界！’说话不清了，再喊也是不行，爹又死了！我跑到口外去挖煤，直到八路军来了，福也来了，上赶着参加了军队。……”

马铁头说得一字一泪，听的人也是伤心伤肝。一引起头，战士们争着诉说自己的苦楚。也怪，解放军战士也好，子弟兵也好，人不是一样人，模不是一样模，受的气却都差不多。真是苦瓜秧结苦瓜，苦娘抱着苦娃娃，原来都是一条蔓串的苦孩子！

魏三宝刚从医院归队，转了转眼珠，手一拍，猛然明白过来道：“我说呀！怪不得蒋介石有他美国干爸爸撑腰，飞机大炮有的是，可总打败仗！”

卢文保急忙问道：“你说这个病根子在哪？”

魏三宝道："在哪？蒋介石的兵十有八九是抓来的受苦人，在家就受这号人的欺压，恨都恨不死他，谁肯替他卖力气！解放军呢？一起根就是解救穷苦人的队伍。你看吧：土地一翻身，忽隆忽隆净参军的；俘虏一过来，隔不几天都补上了。打仗就是打他们的死对头，解放就是解放自己，谁不豁出命干！"

许多解放战士一齐道："你真说到痛处了。在那边，有个病啊灾的，当官的恨不得你死了，好吃你的空名字！到这，生点疥，指导员也给你上药，帮你拿秆草烤。过去是左手打右手，眼时算认清谁是敌人了。"

这天诉苦会开到掌灯才散。晚上起了风，半夜掉下几点小雪花来。睡到傍明，还没吹起床号，卢文保起来解手，老远望见操场上有伙人，刺刀一闪一闪的，不知在搞什么鬼。扣着扣子走过去，一看是群战士早早起来练刺刀，便笑道："嗐，天这么冷，这早起来干什么！"战士们对他又信服，又喜欢，热呼呼地围上来，抢着说："练本领嘛，好打老蒋！"有人递给他一支烟卷，划根洋火帮他点着，照见是支咖啡牌的。卢文保多了心，笑着问道："石家庄捡的洋捞吧！"那人忙道："可不敢犯城市纪律！这是石家庄新解放的同志随身带的，分给班里同志们抽。"那个新解放战士正好在场，就问道："不是说解放军不要城么？怎么又这样保护石家庄，连一丁点东西也不许动？"

卢文保夹着烟也忘记抽，光顾解释道："我们说不在一城一地之得失，是说首先要歼灭敌人，然后才能拿到城市。没有清风店，就没有石家庄。石家庄就是清风店歼灭战的结果！仗打了不到一年半；一转就转到进攻，正是因为已经歼灭了蒋介石一百六十九万人，我们的力量大大地超过了敌人！这都是毛主席的十大军事原则领导正确——噢，还有不懂十大原则的么？一时说也说不完，改一天上课细细讲，反正上面说的就是顶要紧的一条。"

忽然有人哈哈笑道："你脸也不洗，倒在这摆开龙门阵了。别光讲战略，也该讲讲战术呀！"大家一看是龙起云，大脸通红，五冬六夏用冷水洗脸，叫冷风一吹，脸色显得格外新鲜。他摆着手走过来笑道："想想早先那个蹩脚劲，笑话多得多呢！日本乍一投降，去打静海，个个人顶一脑袋高粱花子，军装也没有。鬼子守着个破岗楼，不肯交枪。打吧，就两发迫击炮，打一发不敢打了。干瞪着眼看，鬼子也看，两边愣着，后尾还是让鬼子跑了。"

上操的陆陆续续都来了。一些老战士听见说，忍不住笑了。有人说道："后来缴到炮，起初也是不会使。有一回我们占了阵地，后边的炮还是一个劲在自己站的地方落！"

马铁头没张嘴先笑起来："你没见守怀来那工夫，小飞机一来，争着看。飞机一打，子弹这么长，指头一比，有五六寸！飞机投东西，一撒，咕哧咕哧十来个。这是什么？还有人混充明公说：'这是母机下小飞机！'"说得大家哄地笑了。龙起云笑得更凶，哈着腰，笑出泪来。

李全喜两手抄在袄袖筒里，笑了一会，蔫不唧地说道："那会子蒋介石还逞能呢！现在呀，哼，我看一到年底，准得完蛋！"

通讯员小张用脆生生的嗓子问道："你怎么知

道呢?"

李全喜一本正经说："我会掐算！刘伯温推背图上不是说嘛，中华民国有七十四年寿行。于今过一个阳历年，一个阴历年，一年算两年。今年是民国三十七年，到年底，岂不是七十四年?"

笑声又像浪似的掀起来。魏三宝拿指头点着他笑道："你呀，老李，简直是个庄户孙!"

李全喜咧着厚嘴，慢吞吞地说道："逗笑嘛!要不闷着有啥意思!"

笑话是笑话，谁不愿意蒋介石早一天完蛋哪!诉苦运动一开展，战士们觉悟提高，请求书像雪片似的飞到上级首长手里，要求早日出征。腹地的敌人扫光了，不打出去还等什么？当年春天，各旅各团都轰轰烈烈地开着出征宣誓大会。就在一个春风飘荡的早晨，大军北上了。战士们真是雄赳赳，气昂昂的，一路不停地叫着："好啊，这回可该报张家口那个仇了!"走路有点热，人又兴奋，个个脸色黑里透红，闪耀着青春的光彩。每逢过村，老乡们都挤在街上，小学生打着霸王鞭，唱着歌，欢送出征。老太太们总是更能体贴人，拿着些花生枣子，往战士口袋里硬塞，一面像对自己儿子一样叮咛道："这回出去，可打好仗啊！"战士们就扬起声音笑道："老大娘，你等着听胜利消息吧！"老头们叼着烟袋，笑眯眯地点着头，不住嘴地说："看这个队伍，真是人强马壮！"他们看得顶细，一张脸也不放，只想认出熟人来。熟人可真不少。瞧吧！那不是龙起云过来了，他已经升做副营长；卢文保过来了，他当了连长。那个挺着高胸脯，像只斗胜了的大公鸡的不是马铁头么？人家喊他马排长了。李全喜、魏三宝，咦，林四牙也养好伤回来了，个个都当了班长。就是这些经过千锤百炼的人民功臣，以及千千万万像这样的英雄，组成了钢铁的连队，组成了这支无敌于天下的人民大军，从游击战运动战转入攻坚，从乡村开始转入城市，现在正顺着一年半前从张家口撤退的原路，浩浩荡荡转到大进攻了。队伍的最前头竖着面大旗，风一飘，一团火焰似的飞舞。……

一九四九年二月二十三日，新华社记者对华北以后的战局这样写道：

“……在北线，华北解放军配合了东北解放军解放全东北的作战。这时北线出现了这样的局势，解放军首先在华北敌人的东头京古线上展开进攻，当敌人集中兵力增援到京古线时，解放军就又在敌人的西线横扫京绥线的张家口至集宁段；当敌人自东线回援时，解放军又在京绥线北京至张家口段展开了进攻，接着又打向京绥线的西端，攻克了包头。……这时，东北国民党匪军全军崩溃了。

“一九四八年十一月二十三日解放全东北后不过二十天，东北解放军汹涌入关，解放全华北的伟大战争开始了。

“像疾风暴雨一样从东西两端，接着是从四面八方打来的东北解放军和华北解放军，没有让敌人来得及收缩集结兵力，就把敌人完全分割包围于张家口、新保安、北京、天津和塘沽五个孤立据点内。紧接着于十二月十二日至二十四日先后歼灭了新保安和张家口的敌人，一九四九年一月十五日又歼灭了坚决抵抗的天津守敌并解放了塘沽。这些胜利使完全陷于绝境的北京国民党军最后接受了解放军的提议，和平解决了北京问题。一月三十一日，解放军正式开入北京城，这个世界著名的古都从此解放。

“从抗日战争以来，经过了十一年七个月长期的残酷的斗争的华北解放区军民，在华北战场不仅战胜了日本帝国主义及其走狗，而且战胜了美帝国主义扶助的国民党反动派。华北的历史现在正翻开新的一页。”

一九四九年八月三十一日写在北京西山。

图书在版编目（CIP）数据

中国人民的脚步声/杨朔著. -- 上海：上海文艺出版社，2021.
(红色经典文艺作品口袋书)
ISBN 978-7-5321-8063-9
Ⅰ.①中… Ⅱ.①杨… Ⅲ.①中篇小说－小说集－中国－当代 Ⅳ.①I247.5
中国版本图书馆CIP数据核字(2021)第146130号

发 行 人：毕　胜
责任编辑：崔　莉
封面设计：陈　楠
美术编辑：钱　祯

书　　名：中国人民的脚步声
作　　者：杨　朔
出　　版：上海世纪出版集团　上海文艺出版社
地　　址：上海市绍兴路7号　200020
发　　行：上海文艺出版社发行中心
　　　　　上海市绍兴路50号　200020　www.ewen.co
印　　刷：上海盛通时代印刷有限公司
开　　本：787×1092　1/32
印　　张：9.125
插　　页：3
字　　数：123,000
印　　次：2021年8月第1版　2021年8月第1次印刷
I S B N：978-7-5321-8063-9/I·6386
定　　价：42.00元